新九叶
译诗集

Neuf Nouvelles Feuilles

[丹] 琵雅·塔夫德鲁普 [美] 约翰·阿什贝利 等 著

骆家 姜山 —— 编

广西师范大学出版社

· 桂林 ·

一首诗总是期待着被翻译（代序）

树才　文

1

译诗的困难，从根子上说，就是诗本身的困难。

译者也要回答这些问题：什么是一首诗？一首诗是如何生成的？一首诗怎么被读解？是谁在读解？读解的过程中会发生什么？由此可以引出语言：诗歌的语言性。须知，一首诗的精神生命是经由语言的血肉身体生成的。所以，一切都"在语言中"。

形式者何？内容者何？格律者何？音韵者何？意境者何？原意是什么？原意的原意呢？……应该强调作者与语言的相遇，同时强调译者在翻译过程中与语言的相遇。

忠实？谁忠实？忠实于谁？怎么才能忠实？由此可以引出差异性。忠实观，其实源自人类对同一性的天然迷恋。人天然地追求同一性，但得到的却是差异性。忠实是愿望，差异是结果，是事实。在译诗的研究中，该是从事实出发反思我们愿望的时候了！

2

愿望并不自动导致结果。为什么？这中间有译者，这个中介物，这个轴承，这个十字路口。也许，悖论在于：一首诗（原文）只有变成"另一首诗"（译诗）后，才能保住自己。这就是过渡的奇迹，创造的奇迹。诗的，也必是更新的，创造的，这才是"诗的"这个词的本义。译诗不管怎么变，都得变成"诗的"，变成任何别的东西都是背弃原诗，这才是最大的不忠实。

"忠实"这个原则，在译诗的运用中，必须另有理解，也就是必须忠实于诗，忠实于一首诗的整体，整体的氛围、力量、修辞、风格乃至精神生命。从前翻译上的风格论，看来也是不成立的，除非译者有能力在译诗中生成另一个风格，但这个风格绝不是原文的风格，而是译者和作者共同给予的。作者的贡献是提供质料，译者的工作则是生产译文。

风格是由哪些要素构成的？这些要素破碎了，散落了，我们还能到哪儿去找到风格呢？风格隐匿了，不在了，变成了某种可回忆的可能性。这个风格能否再次在译诗中生成？作者和原文都只能隔岸观火，帮不上忙了。能帮上忙的，只有译者，只有译文。译文生成的风格，是黏附于译文的语言身体的，其实是另一个风格，作者如父亲，译者如母亲，他们又另外生出一个孩子，血缘是可验证的，也理应得到验证，但脸相已不同一，生命已不同一。

3

未来，是翻译的意义所在。因为翻译的现在就是对过去事物的翻译所得，翻译的未来已经隐伏在创作的现在体内。应该进一步强调译诗的过渡作用，在这种过渡过程中，另一个文本被生产出来。

　　一首诗总是期待着被翻译，从一种语言到另一种语言，到另一些语言，而且一首诗在被译成另一种语言之后，也总是期待着被重译，再重译，因为时间的变化带来语言的变化，而语言的变化又产生翻译的需要。可见，翻译一首诗，不会一次性完成，它是一个永不能完成的语言工作。翻译本身已经包含了再翻译一次的可能性。我们从翻译里打开的就是可能性，理解他者的可能性，与他者相遇的可能性。

　　一首诗真的写好了，翻译就很难毁坏它。也就是说，一首真正的好诗是译不坏的。各种各样的"译本"，总是多少能"译出"一点真东西来。一次翻译如同一次尝试，被读者抛弃，当然意味着失败，但译者总是可以再尝试一次，另一个译者总是会接过接力棒，再尝试一次，用另一种方式，用另一些词语。一首诗的可怕之处，反倒是它仅仅存活在原文之中。

　　一首诗在一种语言内生成了，那么，它理应在其他语言里产生回响，因为语言的创造力是全人类都愿意分享的，因为诗的意义是所有语言中的人都能够领悟的。过渡，再过渡，一次不成功，再来一次，一个译者做不好，另一个译者接替他……翻译的事业是未竟的事业，它永远向着未来敞开自己，向着不确定性尝试着去生成"另一个"。

4

译诗是一门另外的艺术。它很特别，在不同的侧面充斥着误解；在不同的层次又悖谬迭出。译诗很像诗，却又不是诗。它从翻译诗歌这个初衷出发，抵达时又总是"偏离"或"超出"这个初衷。由于诗本身的高度，译诗通常位于原诗之下，但也不见得不会跃居原诗之上。

翻译一首诗，标准何在？哪些是标准？像评判一首诗一样，评判一首译诗的标准也总是不够丰富。也许有两种。第一种，就是弗罗斯特所说的，诗就是"翻译中失去的东西"，这无疑十分正确。第二种，有点像谚语所示的，"美文不信，信文不美"（法国人爱说，女人漂亮就不忠诚，女人忠诚就不漂亮）。

诗歌翻译这门艺术可以是美的，但这种美同一首译诗的美一样，它也可以是信的，但这种信也不会同翻译一本使用手册的信一样。一首译诗可以是美而信的，但一定会以它自己的方式。

5

误解，源自人们对求证原意的执迷不悟，同样，悖谬来自许多方面。译诗同译叙事散文不一样。一段史书，一篇小说（不管写得多么精妙），是"用"词语做出来的，而一首诗（不管是什么诗）是"同词语一起"生成的。比如翻译《红与黑》，只要保住了叙事的骨架，让人物的个性和行为还能让人辨认出来，那么不管谁来译，也不管译得多么不忠实，它仍然是司汤达的作品。诗就不同，比如波德莱尔的一首诗，不管译者乃至研究专家的态度多么严肃，对歧义、多重性、音节的与称，修辞，综合，元音的安排，强度等了解得多么细致、精确，译出来的那首诗都不能归于波德莱尔。这首译诗实际上不属于任何人，既不属于作者，也不属于译者，它成了自足的作品，在最好的时候，它成了一种工具，一个手段，一种过渡，来帮助读者抵达（驶向？遥想？）原诗。

对这种结果，我们不必责备译者。叙事性作品本身就有"说出"的部分，即故事本身，语言所承载的故事本身。绝大多数好诗则不然，它们同生成它们的语言关系是如此紧密，以至无从剥离。也就是说，翻译一首好诗，必将遭遇好诗内部的不可译性的抵抗。不过，好诗总是稀罕、金贵。诗自诞生之日起，其实少有剧变，大部分诗歌只是同一主题的重复或变奏。

我们在译诗中能找到的，只能是与原诗不同的"另一个"。

6

诗更是空间。想象力并不凝固在原诗里面，而是为译诗提供了一个新的出发点。

如果说一首原诗是从"无"起飞的，那么一首译诗则是从"有"起飞的，意象有了，节奏有了，韵律有了，一句话，形式有了。但我们仍然可以断言，无论从"无"还是从"有"，诗是语言超越于心灵的一次起飞，一次飞翔，一次飞越，一次超越。所以，译诗永远是过渡，它把自己过渡给另一种语言，另一些目光。它自足，也自我忽略。

<h1 style="text-align:center">7</h1>

存在"一首译诗"吗？也许不存在。在时间的先后上，一首原诗总是期待被过渡为一首译诗，即便在同一种语言中情况也一样：拉丁语已过渡为法语，古汉语已过渡为现代汉语。

因此，可以想象，撇开对时间先后的优劣心态，一个读者也许会觉得，"爱情价更高"比原诗更好，因为作为译诗它同样抵达了某种完美，从形式到诗意，当然这种完美来自译者的再生，即再生中包含的语言创造力。

不必得出这种结论：后来的译诗必然不如先前的原诗。这种结论在逻辑上是不成立的。历史上有很多例子都可以证明：青出于蓝又可以胜于蓝。说到底，有多少诗篇，我们已无从查证它的来源，它的来源的"来源"。最初源头在哪里？也许已经消失，也许已被遗忘。

<h1 style="text-align:center">8</h1>

这样思考并不意味着，对一首诗的翻译可以不顾及原诗。不，恰恰相反，这是狭义的翻译得以成立的理由。所谓翻译，就是指有出发点，有一个已在，有一个原文。完全离开原文的翻译，就不成

其为翻译。这是就翻译的本义而言：从这儿向哪儿。

至于能否抵达诗的目的地，全看译者的能耐和造化。译诗的唯一参照，永远是可找到的那首原诗，即时间源头。时间本身没有源头，无始无终。但人就活在时间中，人活着就是以时间为参照，为依托。所以我们敬畏时间，尊重时间。

9

诗歌的黄金时代，经常也是翻译最活跃的时期。唐以后，中国诗变弱，因为缺翻译。从戴望舒开始，中国诗进入现代。翻译直接刺激了中国诗歌的"脱胎"。二十世纪的美国诗，如果离开对中国古诗的翻译，那将不可想象。庞德"发现了"中国诗歌，提出"意象诗"的概念。胡适看到了，学他的样，对中国诗也写了一个宣言，导致了中国新诗的裂变。

误读。也许正是靠误读，诗获得了变化的契机。

10

翻译，就是尝试、移动和再生产，目的是一首诗，唯一的条件是从原文出发（不管是哪个原文）。翻译的本义就是，已经有某个东西，已经有某种存在，它先于译文的存在而存在，已经有某一个出发点。

翻译当然也是一种出发，但不是原发，而是出发之后的出发，这种出发是有依托的，有参照的。

创作一首诗的出发是"从无到有"，从沉默着的内心到文字形式的诗篇，翻译一首诗的出发则是"从有到有"，从已经形成文字形式的诗篇到另一首有所形成文字形式的诗篇……从有到有。这个原则，这种命定，保证了原文的强有力在场。

原诗那里已经"有诗"，现在就看通过译者的神通，能否抵达译诗这里也"有诗"。如果有，那么一首诗就在它的语言变体（译诗）中延展生命了，脱胎换骨了……有了另一首，另一些。从某种角度上讲，正是翻译保证了想象力的诗性活力。

11

不存在一首根本无从翻译的诗，也不存在一首毫发无损就能进入"另一种语言形式"的译诗。想象力总是可想象的，诗总是人做成的，当中自有天机，但人仍有能力再做一次。

一首诗必须与译者的身体一道被唤醒，必须经过译者的眼和心，必须让译者最贴近地与它在一起经历时间……然后，复活才有可能。一首诗是令人畏惧的。但挑战也在于此，意义也在于此。译者提供他的感觉器官、理解方式和表达能耐。

一首诗里的秘密是什么呢？它究竟以什么样的方式隐匿在文字的肌体之内并获得灵魂和呼吸？是生命的根本，也可能是全部语言表达力的根本吧？

说一首诗移动了，其实是译者自己在移动，他眼睛的阅读，他心灵的感动，他头脑的理解……他全部能耐的综合运用。

译者身上有一个悖论：他必须隐身，又必须在场，他要在隐身中在场，也要在在场中隐身。

12

译乃变。译的过程，就是变的过程。何为忠实？忠实观的背后，是不变的虚妄。人本能地希望译不是变，但实际发生又反驳了这一期待。是该放弃这种基于不变的"忠实"妄念的时候了！

一首译诗的真正用处是引出另一首诗，另一些诗。一首译诗可以省略自身，而奉献给一个异语诗人的想象力。通过译，诗绵绵不绝，从一首到另一首，从此语到彼语，这语言之间的诗旅行，也是想象力的旅行。诗为想象力而存在，诗是想象力在生命情境触发下的不同联想状态。翻译让诗穿越语言之墙的阻隔，但真正穿墙而过的译诗，少而又少，奇迹在于，即便一首译诗完全被人遗忘了，它的曾经诞生、曾经被阅读，仍是一个活生生的语言事实，它也许给某位诗人的创作留下了细微的擦痕。一首译诗，与一首诗一样，即便质地不够优良，仍然可以有它的价值。

诗这东西，一经翻译，写者反居其次，译者则居首要。

13

译诗这项跨语言的语言劳作，对译者提出了一种双重的要求：

一是外语水平，即精通一门外语的程度；二是诗的能力，即能否让一首译诗在译者的母语中也成为一首诗。显然，如果一位译者同时是一位诗人，那么就更能满足上述"双重的要求"。

所以一直有"诗人译诗"这种理想的提法。但请注意："诗人译诗"这个提法中的"诗人"，并不是一般意义上的"诗人"，而是精通外语的"译者诗人"。

翻译诗歌是一种瓷器活儿，你没有外语这个金刚钻，就连翻译的资格都没有；话说回来，如果你只拥有外语而不具备"诗的能力"，金刚钻的尖儿就会自己折断，自然也就抵达不了诗。

诗歌翻译的秘密，就是译者如何在译者的母语中"再生"一首译诗。我认为，"再生"有三层含义：一是译诗文本的"再生产"，二是译诗生命的"再生成"，三是译诗接受的"再生长"。我们再不能只是静态地研究"原文—译文"二者之间的影响关系了，而应该引入"译者"这最重要的一维，把"原文—译文"这种二维对应关系转型为"原文—译者—译文"这种三维立体关系。这三者之间构成一种互缠的立体空间。

一首诗起码有两层意义：一层是可见的，诉之于眼睛，让目光在遭遇它时读懂它的意思，另一层则是不可见的，敞开给耳朵，让耳朵不经意间就听懂了它的声音。这两层意义也是两种形式：一是意义形式，是可解释的，让意义变得显豁，二是声音形式，是只可听的，只能在倾听中领悟……显然，声音形式更神秘，也更难进入。因为入心，总是难的。声音有穿透力，能直抵人心。

翻译一首诗的时候，意义形式，相对来说容易一些，说到底，没有弄不懂的意思。当然，隐喻让意思不确定，飘忽起来。声音形式，从根本上来说就是不可译的，它是翻译的边界或极限，因为它无形，不可见，但又不是没有，不，它恰恰是最致命的有，它像气息一样流贯在一首诗的字里行间……如果能让声音形式在一首译诗中"再生"，即重新活过来一次，那么，这首译诗才会真正有一种诗的意味！

外语差的译者，意义形式，应该能够把握，多花功夫或者请教人就是了，但声音形式，非得你的外语水平"足够好"才行，任何人都无法从外部帮助你，因为声音是黏附着词语的，它像风一样移动着，你只能感觉、感知、感悟它，而且必须用心。

翻译像一面多棱镜，折射出诗歌的不同面相。翻译不仅是诗歌文本"再生产"的一种方式，还是诗意"再生成"的一个过程，也是译诗"再生长"的一个空间。

我很自豪地告诉大家，在这本《新九叶·译诗集》中亮相的十位译者，都是"诗人译者"。他们在诗歌写作上各有成就。他们的写作经验，自然也就在"译诗"过程中派上了用场。这十位诗人译者还有一个共同点：他们都曾经在"北外"（北京外国语大学）求学，都是北外培养出来的文学人才。他们中的好几位，都是大翻译家（也是诗人）王佐良先生的学生。你们如果想了解他们的诗歌创作成果，不妨找 2019 年出版的《新九叶集》来读一读。

为什么《新九叶集》？因为《九叶集》。为什么《新九叶·译诗集》？因为《新九叶集》。这里面有一种前后的因缘，有一种深厚的友谊，有一种传承的意识。

"九叶诗派"是二十世纪中国的一个现代诗流派，又被称为"中国新诗派"。1981年出版的《九叶集》在当时有较大影响力。《新九叶集》就是向《九叶集》的一种致敬方式，也是为了追慕和承续"诗人译诗"这一好传统。

目录

1

卢齐安·布拉加　高兴　译、导读

约翰·阿什贝利 _少况 译、导读_

马雅可夫斯基　骆家　译、导读

一朵未来主义的云

姚　风

姚风

1958 年生于北京，后移居澳门，现为澳门大学教授、葡文系主任。以中葡双语写作，出版有《写在风的翅膀上》《瞬间的旅行》《姚风诗选》《绝句》《大海上的柠檬》《不写也是写的一部分》等中葡文诗集以及学术著作《中葡文学交流史》等。曾获"柔刚诗歌奖""昌耀诗歌奖""澳门文学奖"等奖项以及葡萄牙总统颁授的"圣地亚哥宝剑勋章"。

庇山耶

姚风　译

来自葡萄牙的象征主义诗歌

我选译了两位葡萄牙现代诗人的作品，一位是庇山耶（Camilo Pessanha，1867—1926），另一位是中国读者已经熟知的佩索阿（Fernando Pessoa，1888—1935），两位诗人生活在同一时代，两人没有见过面，但有过神交。

澳门不仅有以庇山耶的名字命名的街道，还有一座以他的名字命名的葡文图书馆。他的墓就位于靠近市中心的西洋坟场。庇山耶是葡萄牙象征主义诗人，他在澳门生活了二十二年，最后逝世于澳门。他留下一部题为《滴漏》的诗集，只有寥寥三十多首诗歌，却是葡萄牙现代文学史无法绕过的一部作品。

庇山耶 1867 年出生在葡萄牙大学城科英布拉。他是一个私生子，父亲是法官，母亲来自平民家庭，由于她社会地位低下，庇山耶的父亲虽然与她生育了多名子女，但始终没有勇气正式确立他们的婚姻关系。缺乏温暖的家庭生活影响了庇山耶的性格成长，他敏感、懦弱、忧郁，喜欢沉湎于封闭的自我世界胡思乱想。十八岁时，他进入科英布拉大学法学院读书，但对文学有浓厚的兴趣，同时对异性也表现出极大的好奇。他试图博得女子们的欢心，但屡屡碰壁；在她们的眼里，他既不英俊，也缺少趣味。也许由于情场失意，他开始移情于诗歌，作品在当地报刊时有发表，但并未显露出超众的才华。他甚至不是一名优秀的学生，大学四年级留级一年才得以毕业。

毕业那一年，庇山耶二十四岁，风华正茂的年龄。他来到奥比多斯这座美丽的城市从事司法工作，前程似锦。在此，他与好友阿尔贝托·卡斯特罗交往频繁，因而结识了阿尔贝托的妹妹安娜。安娜同样迷恋文学，后来成为一位作家。庇山耶对她一见钟情，以为遇到了红颜知己，很快向她求婚，但遭到了拒绝。庇山耶把自己的家庭看作"悲伤和痛苦的深井"，但来自安娜的这一次打击最大。他彻底绝望了，做出了改变自己一生的决定。1894 年，他远渡重洋，来到葡萄牙在东方的殖民地澳门，应聘在利宵中学任教。之后，他又做过物业登记官、律师和法官。然而，环境的改变、事业的成功并没有缓解他的失落和绝望，地理上的自我放逐也没有使他找到心灵的栖息地。他生活在矛盾之中，逃离是为了忘记，但是他没有足够的力量去忘记，因此距离反而加剧了思念，但越是思念，也就越是痛苦，这一切酿成了时间的毒药。

如果说庇山耶绝望的诱因是畸形的家庭环境和失败的爱情，那么他所处的那个年代则为他的内心生活提供了灰暗的布景。十九世纪末正是"世纪病"情绪弥漫的年代，这种以忧郁、绝望、厌恶为特征的"病症"发端于法国，很快就蔓延到葡萄牙，因为葡萄牙具有让这种

"病症"流行的现实基础。葡萄牙曾作为航海帝国在大航海时代辉煌一时，但到了十九世纪早已是气息奄奄。君主无能，国力衰落，民众对国家渐渐失去了信心。庇山耶虽然远离祖国现实，但他与这个时代心脉相通，在这样的时代背景中唱出的也是悲凉之音。

庇山耶把自己放逐到澳门，但是他并没有适应澳门的社会生活。他获得了专业上的成功，但这些无法满足他内心的需要。他孤僻，忧郁，高傲，无法有效地与他人交往，只有退回内心，咀嚼苦涩的回忆，编织徒劳的思念。和许多象征主义诗人一样，比如波德莱尔、兰波、魏尔伦，庇山耶的生活也是混乱、叛逆、颓靡的，这是他们脱离社会坏境制约的一种姿态，也是精神压抑和苦闷的具体表现和宣泄。从世俗的层面来说，作为教师、法官、律师的庇山耶完全可以过符合传统价值的上流生活，但是他孤绝于主流社会，甘愿做一个在边缘徘徊的"另类"。在澳门，他再没有向葡萄牙女子示爱，却一直和中国女人同居。事实上他重复着父亲走过的道路，和与自己社会地位悬殊的女人生活在一起，而且没有与她们结婚。他这种为上流社会所不屑的生活态度甚至也成了他显示自己"另类"的一种方式。

庇山耶始终生活在孤独感之中，他感叹时间的流逝，在伤口的深渊中越滑越深；他对未来充满了恐惧，而现时也是扯不掉的苦痛。鸦片帮助他找到了这种感觉，他像那时的许多中国人一样，常常手持一杆烟枪，躺在床上喷云吐雾。沿着虚幻的旅程，他把自己和世界暂时交给了烟雾；他让感官去构筑另一个自我，代替他去分担和承受。

庇山耶对中国文化怀有热情和好奇心，尝试探求这个陌生而奇异的世界。他一来到澳门便开始学习中文，他给自己起了叫作"贝山雅"的中文名字，还刻了印章。他热爱中国诗歌，利用所掌握的有限的中文知识，在友人的帮助下翻译了明朝王守仁等人的诗作，并以《中国挽歌》为题发表。但他同时认为，中国文化除了诗歌和汉字之外在各个方面都低于西方，人性的缺失使中国艺术仅仅局限于"不凡的天生艺术禀赋"。

庇山耶薄薄的《滴漏》被视为葡萄牙象征主义诗歌的典范。虽然他本人没有加入过任何文学流派，又长时间生活在澳门，远离本国的文坛，但是他的诗歌具有象征主义所有的元素，而且对象征主义的艺术创新做出了贡献。象征主义在十九世纪后期被一些侨居巴黎的葡萄牙诗人带回国内，对葡萄牙的现代主义诗人产生了巨大影响。象征主义作为现代主义和浪漫主义的链结，其思想内核也是浪漫派的"忧郁"的延伸和升华，也就是后来的"世纪病"。象征主义诗歌的先驱波德莱尔认为，诗歌要表现的是"纯粹的愿望、动人的忧郁和高贵的绝望"。穿行于庇山耶的诗歌，可以轻易地找到兰波、波德莱尔、魏尔伦等人的诗歌中的关键词：蛆虫、梦想、落日、尸体、魂灵、哭泣、玷污、坟墓、废墟、生病、苍白、沙漠，等等，它们构成了诗人心灵的图谱，反映出他们颓靡、苦闷和绝望的精神病状，其根源在于"自我"与世界的对立以及两者之间无法解决的矛盾。

姚　风

墓志铭

在一个失落的国度，我看见了光。
我的灵魂绵软无力，不堪一击。
哦，我真想无声无息地爬行！
钻入地下消失，像蠕虫那样……

路

I

我有不祥之梦：病悸之心
理不清那过早侵袭的忧虑。
我惶恐地冲上未来的浪尖，
渴饮的却是对现时的追忆……

追忆的是这苦痛，我费尽心机
也无法把它逐出心胸，
夕阳要裁出一块黑暗，
把黑面纱披于我的心灵！……

苦痛就是失去和谐。
此时的天空，把羸弱的光
投向病恹恹的魂灵，

没有苦痛，心灵一片荒芜：
　一轮太阳熄灭了黎明，
恰在黎明时分，心在悲哭。

II

有一天你在路途与我相遇，
我要去哪里？我也茫然。
——老兄，你好！——我问候你，
孤身上路，路怎么走也走不完。

前路何其漫漫，布满荆棘！
你歇歇脚，我也停下喘口气……
我们一起投宿路边的客栈，
对酌一瓶酒，惺惺相惜。

野山孤岗，道路艰难，
受难地的碎石，刺伤了双足，
而热沙灼人……因此

我们各怀着悲苦，在酒中哭……
眼泪流入我们的酒杯：
我们饮下共同的泪水。

III

对这次停留，我们委实需要：
勇气得到恢复，体力得到补充……
我们又拿起前进的手杖，

旭日已经升起，我们继续前行。

酒醇如处子，胜过晨光，
一路我们难觅这般佳酿……
我们斟满杯盏：凭这琼浆
增添我们行路的力量！……

我要独自前行，我们终要分道扬镳！……
我就是这条漫漫的长路。
我必须抵御无边的寂寥！……

让我痛哭，让我痛饮，
我疯了一样地追求理想，
以信仰和梦把灵魂喂养。

塑像

我已厌倦探寻你的秘密：
你双眼惨白，冰冷如刀，
我的目光一触即断，
如嶙峋的礁石击碎浪涛。

你灵魂的秘密，把我放逐，
把我降伏！为走进秘密，
我曾在噩梦中把你亲吻，
那可怕的夜，令我心存惊悸。

我的吻炽热，我的吻疯狂，
却被你半合的大理石嘴唇冷却，
它是那么完美，又是那么冷冽……

大理石的嘴唇，严守秘密，
谨严如紧闭的坟墓，
死寂如幽深的海底。

遗忘

遗忘终于降临在我的心中。
挥之不去，无涯无际。
如哀悼的面纱把心紧紧包裹。
肉身啊，你可在灵柩里安息。

平滑的前额，消失了皱纹，
脸庞上是永恒的安谧，
终于睡去了，无欲无念，心无挂碍，
无论得到，抑或失去。

你用疯狂捏塑的泥土，已被你的手揉碎。
一朵绽放的鲜花……
你用手指触摸，即刻在枝头枯萎……

大地也会把你躲避，当你走在路上，
直到你惶恐地迷失了方向，
忐忑的汗水在你周身流淌……

冬景

I

我的心啊，掉头回返吧。
迷乱的你，要奔向哪里？
罪孽烧毁我明亮的眼睛！
我要寻回那长夜的静谧。

路边的榆树已被大雪压弯。
炭火的灰烬也已冷寂。
山中夜长，茅屋冰冷……
我闭上双眼，如老者一般沉思。

又想起那寸寸消逝的春光：
——苹果园即将开满鲜花。
金雀花也会在我们的帽子上盛放——

迷狂的眼睛，再安静，再冷静。
——我们要歌唱……温柔的歌，
苍老的歌，在最后的祷告中唱响。

II

秋天已逝，又逢严寒天气……
——秋天带来你苦涩的笑。
太阳西斜，结成冰，寒冷的冬季！
——太阳下，河水清澈见底。

清清河水！河水清清，
你穿过我疲惫的目光逃逸，
要把我徒劳的心绪带至何方？
我空空的心，安放在哪里？

留下吧，她那漂浮的头发，
在流淌的河水下，
她睁大眼睛，若有所思……

我的忧伤啊，你要奔向哪里？
——她挥舞透明冰冷的双手，
如流动的波澜，起伏不息……

询问

我不知道这是不是爱情。但我要找到你的目光，
如果痛苦伤害我，我会找一个避难所；
尽管如此，请你相信，我从未想过成家，
那时候，你幸福我就快乐。

为你，我从未因理想破灭而哭泣。
从未给你写过一行浪漫的诗句。
甚至没有梦醒后，在床上把你寻找，
当你是《雅歌》中的性感娇妻。

我不知道是否爱你。我不知道是否
美化了你完美的肌肤，你温柔的微笑……
你微笑，在我的脸上微笑，
在微笑中，冬天的太阳把我照耀。

我们共度下午时光，总是悠游自在，
不会担心黄昏恼人地降临。
我不会死盯着你胸脯的曲线，
也从未想起亲吻你的芳唇。

我不知道是否爱你。也许刚刚开始……
我不知道我的心是否可预测未来……
这是爱情吗？我不知道，但我为你战栗，
我病了，因为知道你病了。

奥比多斯^①城堡

城堡已是残垣断壁，
城堞何时重新筑立？
何时在清晨的朔风下，
再次喊声震天，旌旗猎猎？

何时听到那冲锋的号角
在荒芜的田野上回荡？
何时我们身披盔甲，
手持长矛冲向前方？

严肃而悲伤的我们
何时又要应召参与
无谓的连绵征战，
为了捍卫旗帜和徽号？

这些古代天真的斗士
何时保住垂危的生命，
（经过多少艰难困苦！）

---

① 奥比多斯，葡萄牙中西部的古老小城，内有古堡。庇山耶来澳门之前曾在此工作。（如无
特别说明，本书脚注均为译者注）

凯旋返回家乡，重享和平？

可爱的公主啊，
为了你，我们血战沙场，
何时你站在高台上向我们微笑，
任我们把你那窈窕的身姿欣赏？

监狱

监狱关着抓来的强盗！
个个都像是闭门思过！
你们还是双目喷火的怪兽吗？……
铁窗已把他们的眼睛分割。

他们在铁栏后默默踱步，
就像鱼群在水族箱中游来游去。
——他们怀念田野绽放的鲜花，
为什么你要困在坟墓里？

别吵吵。别吵吵。别吵吵。
看守把拖着镣铐的他们带来。
——我的心，翻滚骚动，
如一只奇怪的碗，装满毒药。

我的心啊，静下来，静下来，
何必骂骂咧咧，如此暴躁？
嘘，你不要跳，你慢些跳……
你看看那些狱卒，你看看那些镣铐！

生命

雨停了！自肥沃的黑土
百合花破芽而出。
百合花的田野，生机勃勃，
丰沛的雨水，让万物复苏！

踩吧，踩！但踩不死它们。
算了。别踩了。它们会四处生长。
你消灭不了它们，又何必要把它们消灭？
踩了也没用，它们踩不死。

瞧瞧那蔓延的火。
那烧焦的山……多么可怕！
你可以踩，你可以堆上沙，
但仍扑不灭这熊熊的火。

算了！别踩了！让大火烧吧。
在这里踩灭了，又会在别处燃烧。
——都烧起来了怎么办？怎么办？
点起一把火，就是为了燃烧……

离别之歌[①]

我的心头压着一块重重的铁，
从大海归来，我也要背在身上。
我的心头压着一块重重的铁……
我把它投入海洋。

登船远航的人，要去流放，
不要带走爱情的痛苦……
水手们，抬起那沉重的保险箱，
把它投入海洋。

我要找一把银锁。
我的心是被紧锁的百宝箱。
牢牢锁住：里面有一封信……
——你订婚前的最后一封信。

牢牢锁住——这封蛊惑的信！
还有一条绣花手帕……我要保存好，
当我不再流泪的时候，
就用咸涩的大海把它浸泡。

---

① 庇山耶向安娜求婚遭到拒绝，之后决定前去澳门，并写下了这首诗。

远处的花艇

一支长笛孤独地哭泣，绵延不绝，
伶仃，纤柔，在这静寂的黑夜。
——迷途的声音，脱离其他声音流浪，
——音响的花环，掩盖时间的离别。

远处纵酒狂欢，灯火灿烂，
白色的光影，令朱唇凋谢……
一支长笛孤独地哭泣，绵延不绝，
伶仃，纤柔，在这静寂的黑夜。

管弦呢？香吻呢？四周一片黑夜
悄悄攫住一切。只有凄婉的笛声
如诉如泣地震颤……谁将它静止？
谁将无故的痛苦品尝领略？

一支长笛孤独地哭泣，绵延不绝……

中国琴①

伴随悠扬的琴声，
闲言碎语渐渐消隐，
我昏昏欲睡，
对无聊的话语充耳不闻。

那充满鼻音的细微曲调，
并未擒获我的心魂，
伴随悠扬的琴声，
闲言碎语渐渐消隐。

然而，心中有何脆弱的伤痕
被这琴声触动，
使它展开微小的羽翼，
在痛苦的悸动中飘零？

伴随悠扬的琴声……

---

① 中国琴应是指二胡。

死水

> 泪洒落在我的心上
> 像雨在城市上空落着 ①
> ——魏尔仑

我熄灭的眼睛啊，
你们看看雨的滴落。
它从屋檐落下，
不停地落下。

它从屋檐落下，
一滴滴死去……
我熄灭的眼睛，
看得已经疲累。

我的眼睛，你们在
徒劳的伤悲中溺毙。
你们滴落，溅碎，
宛如死去的雨滴。

---

① 译文引自罗洛翻译的《魏尔仑诗选》，漓江出版社，1987年，第61页。

最后的诗

啊，埋在地下的虚拟色彩，
——闪烁的蓝，咯血的红，
被压制的闪电，缤纷的迷狂——
在牢狱里你们等待光为你们洗礼，

闭上眼睑，别在焦急中遮住面孔。

你们这些早产儿把思考过度的头颅
悬挂在博物馆的门厅之上，
你们谛听滴漏的声响，茫然地笑，
你们不信神，你们甘于现状，

停止思考吧，别再把深渊探寻。

从未梦过的梦想呓语连连，
你们彻夜游荡，美好的灵魂在悲叹，
缠绕在屋子尖顶上的翅膀，
在风中轻轻哀怨。

我睡了。你们别再叹息，别再呼气。

费尔南多·佩索阿

姚风 译

"无我者"的伟大失眠

自从佩索阿的随笔集《惶然录》1996年被作家韩少功翻译成中文后，这位诗人就深深地走进了中国读者的心。韩少功对佩索阿评价甚高，他这样写道："如果我们知道佩索阿终生不娶，知道他拒绝官方授奖，知道他很长的时间里绝交息游而习惯于冥思中'不动的旅行'，那么我们也许更容易理解他在《惶然录》中深深的孤独。他要孤军奋战。他几乎是面壁开悟，立地成佛。对小职员日常生活的勘探和咀嚼，使他洞开一个形而上的诗学世界，对人类多方面至今仍然让我们望尘莫及。他是属于葡萄牙的，也是属于世界的。"

然而，这属于世界的人在世俗世界中却是一个失败者，因为他甘愿做一个"无为"的人。墨西哥诗人帕斯在评论佩索阿时说："他的一生除了他的诗歌，毫无惊人之处。"按照世俗的幸福标准，他的一生是庸常而苍白的，枯燥无味，没有任何值得注意的事件发生。在他的人生中，最令他迷醉的是什么呢？只有文学和诗歌，其他的都只是陪衬，包括爱情。他说："我的灵魂围绕着我的文学作品旋转，无论它是好是坏。生活中的其他对我来说都是第二位的。"他还借半异名者贝尔纳多·索阿雷斯之口在日记中写道："永远当一个会计就是我的命运，而诗歌和文学纯粹是在我头上停落一时的蝴蝶，仅仅是用它们的非凡美丽来衬托我自己的荒谬可笑。"

在他充满悖论的多重写作中，他一方面用永不停歇的文字把自己变成在宇宙流浪或漫游的孤儿，否定自我，从而肯定"无我"的存在，另一方面又在肯定自我，他动员了自己的本体、异名者和半异名者，不厌其烦地在言说自我，寻找真实的自我，试图找出"我是谁"的答案。他说："我没有个性：我已经将我所有的人格分配给那些异名者，我只是他们的文学执行人。现在我是他们这个小团体的聚集地，他们属于我。"这个"小团体"多达七十二人，其中最有代表性的是阿尔贝托·卡埃罗、里卡多·雷耶斯、阿尔瓦罗·德·冈波斯，当然还包括佩索阿本人以及半异名者贝尔纳多·索阿雷斯。

因此我们可以看到，被佩索阿奉为自己导师的阿尔贝托·卡埃罗心如止水，在明月高悬的夜空下放牧思想的羊群；他没有上帝，没有宗教，诗歌就是他的宗教，拥有自然和花朵的人不需要神祇；他也没有哲学，他是一个感觉主义者，只有感觉才是感受和认知世界的方式。与卡埃罗相反，冈波斯却在未来主义式的喊叫和吟唱中，体会着惠特曼式词语奔泻的快感，驾驭着绝望和惶恐的马车一路狂奔，而终点并不是未来主义工业进步的凯旋，而是厌倦与虚无。而雷耶斯作为一个现代社会的异教徒，却喜欢回返古典主义，热衷于对古典诗歌形式的探求，并以一种旁观者的睿智和清澈书写着时间的须臾、生命的无常以及无欲无求的微小快乐。佩索阿本人呢？他说他是"逃跑的那个"，认识到"自己的荒谬可笑"，他要抹除自我，给自我戴上不同的面具，让一个个面具变为虚假的真实，变成他的一张张脸，如同一张毕加索的立体派肖像画，他以不同的面孔和内心凝视着自我、我们和世界。佩索阿把他的一生变成一场"伟大的失眠"，其间他启动强大的想象力引擎，行走着做梦，试图以既矛盾又统一、既分裂又完整的白日梦式的写作摆脱上帝的剥削和人性的被奴役。

姚　风

恋爱的牧羊人①

I

在拥有你之前，
我热爱自然，就像平静的修士爱着基督……
现在，我热爱自然，
就像平静的修士爱着圣母，
虔诚，自我，一如既往，
但更加亲近，更加一心一意。
当我和你一起穿过田野来到河边，
我把河水看得更加清澈；
坐在你身边看云，
我也能把云看得更加洁白——
你非但没有夺走我的自然
反而改变了它……
你把自然带到了我的身边。
因为你的存在，我把自然看得更明白，但它还是以前的自然，
因为你爱我，我才以同样的方式去爱自然，但用情更深，
因为你选择了我去爱你，拥有你，

---

① 这一组诗是佩索阿以异名者阿尔贝托·卡埃罗的名义写成。

我的眼睛也更长久地把自然凝视，
却无视其他的存在。

我不后悔我以前是谁，
因为我从未改变。
我后悔的是，没有早一点爱上你。

1914. 6. 7

Ⅱ

春夜里，明月高悬。
我想起你，我的内心变得完整。

一阵微风吹过旷野，与我相遇。
我想起你，轻念你的名字；我不再是我：我是幸福。

明天你会来，同我一起去田野里采花，
我们一起去田野，我看着你采花。

我已经见到，明天你在田野里采花，和我一起，
但只有明天你真的来到田野，同我一起采花，
我才会感受到真实的快乐。

1914. 7. 6

III

由于感受到爱，

我才对花香着迷。

从前，我对任何一朵花的芳香都不感兴趣，

可现在我闻到花香，就像看到一样新东西。

我知道花一直芬芳馥郁，就像我知道我一直存在，

这样的事物，从外面一看便知。

而现在我会用深深的呼吸去感受它们，

如今，花香弥漫，我就嗅到了它，

如今，我有时醒来，在见到花朵之前就已嗅到花香袭来。

1930. 7. 23

IV

每天，我都同快乐和忧伤一起醒来。

从前，我醒来只是醒来，没有什么感觉。

我快乐而又悲伤，因为我失去了我梦的一切，

而我还可以栖身现实，这里有我梦的一切。

我不知道如何去面对我的感觉，

也不知为什么我只能和我在一起。

我希望她能随便说些什么，重新把我唤醒。

恋爱的人，不再是他从前的自己，

但他除了他自己，又谁都不是。

1930. 7. 23

V

爱是相伴。

我已经不能一个人走路，

我不能再独自走在路途。

一种看得见的思想催促我走得更快些，

看得少些，同时我又乐意渐渐看尽一切。

即使她缺席，对我来说也是相伴。

我爱她至深，以至于不知如何将她渴盼。

见不到她，我用想象把她画像，我强健如挺拔的树。

但如果见到她，我会颤抖，她不在时，我不知我会有怎样的
　　感受。

我的全部都凝聚为遗弃我的力量。

而整个现实都像一株向日葵，高昂着她的脸，把我凝视。

1930. 7. 30

VI

我彻夜无眠，看见她虚幻的身影出现，

看见她的方式，每一次都和遇见她的时候不一样。

我想着她，回忆她和我说话时的模样。

每次想她，她都因相似而变得截然不同。

爱就是想。

因为我只是想她，我几乎忘记了感觉。

我不知我想要什么，从她那里想要什么，可除了她，

我什么也不想要。

我神魂颠倒得

无法自拔。

我想见到她，

但犹豫不决，宁愿不与她相见，

免得日后要与她离别。

我真的不知道我想要什么，也不想知道我想要什么，

我只是想她。

我无求于任何人，也不求于她，我只是想她。

1930. 7. 10

VII

也许看得清楚的人无法去感觉，

也无法取悦于人，因为他失去了任何感受的方式。

任何一种事物都需要找到面对它的方式，

每种事物都有自己的方式，爱情也是。

那看见青草就能看见田野的人

不应该让自己的感觉失盲。

我爱过，但从未被爱过，我在爱情终结时才明白这一点，
因为被爱只是偶尔发生，而非与生俱来。
她美丽如初，无论是秀发还是芳唇，
我也一如从前，孤独地彳亍于田野。
好像我一直埋首而行，
想到此，我便高高地昂起头，
而我无法止住的滴滴泪水，金色太阳会把它们拭干。
田野太辽阔，爱情太渺小！
我看见，我遗忘，就像尘世在埋葬，万木尽凋零。

我因为正在感受而无法开口。
我正在聆听自己如同聆听他人，
我说起她时，就好像她在用我的声音言语。
她金色的头发，有如明媚阳光下的麦浪，
她的唇间说出的，是在词语中不存在的事物。
她笑着，明亮的牙齿，如河水下的卵石。

1929. 11. 18

VIII

多情的牧羊人丢失了牧羊棍，
羊群跑散在山坡上，
他陷入了沉思，所以没有把牧笛吹响。
没有人向他走来，也没有消失……他再也找不回他的牧羊棍了。

其他人，咒骂着他，帮他召聚羊群。
其实，没有谁爱过他。

当他从山坡上，从虚假的真实中站起来，看到了一切：
巨大的山谷一如既往，满目是深浅不一的绿色，
远处的崇山峻岭，如此真实，胜过任何情感。
整个现实，与天空、空气以及一片片田野共存，
他感觉到空气再次把自由灌入他的胸膛，伴随着痛。

1930. 7. 30

李 笠

李笠

　　诗人，翻译家，摄影家。1961年生于上海。1979年考入北京外国语学院（后更名为北京外国语大学）瑞典语系。1988年移居瑞典。1989年出版瑞典文处女作《水中的目光》，后又出版《栖居地是你》(1999)、《源》(2007)等五部瑞典文诗集，并荣获2008年"瑞典日报文学奖"和首届"时钟王国奖"等诗歌奖项。译著有瑞典当代诗选《冰雪的声音》(1998)、《我必须徒步穿越太阳系——索德格朗诗全集》(2015)及2011年荣获诺贝尔文学奖的瑞典诗人特朗斯特罗姆的《特朗斯特罗姆诗歌全集》(2012)等北欧诗人作品。2016年出版《雪的供词》和摄影集《西蒙与维拉》。2017年出版《回家》。拍摄《白色的城市》等五部电影诗，先后在瑞典电视一台播出。

艾迪特·索德格朗

李笠 译

写给索德格朗，或关于翻译

艾迪特·索德格朗（Edith Södergran，1892—1923），芬兰瑞典语诗人。她的诗在瑞典几乎家喻户晓，被传诵，被谱曲，被收入各种选本，被译成多种文字，芬兰还专门成立了索德格朗研究会。她的名字常常和美国著名的女诗人狄金森、俄国著名的女诗人阿赫玛托娃等相提并论。索德格朗一共出版了五部诗集，包括主要诗集《诗》——这部诗集里有几首诗表露了她的女权主义思想，比如《白天变冷……》和《现代女性》——以及死后出版的诗集《不存在的国度》。她的诗主要讲述孤独、爱情和死亡。

亲爱的艾迪特，二十七年前，二十七岁的我，静坐在北京花园村一个单身宿舍，流着汗，在涌动的蝉声里翻译你的诗（这些译诗以《玫瑰与阴影》冠名，于 1990 年由漓江出版社出版）。那时，我小学生描字那样依样画着葫芦："黑色松林""窗上的蜡烛""童年的树""陌生人"，等等等等。我忠实照搬，但对词句背后的经验一无所知。它们仅只是词，或抽象残缺的风景。在瑞典生活二十多年后，当重新翻译你的诗歌的时候，这些词变得像我从波罗的海钓到的鳕鱼那样鲜活，抽象词"宽恕""死亡"等，也变得有血有肉，像我脸上的皱纹般清晰。于是我开始重译，给老房子翻修。如果当年的翻译是在星空摸索，那么此刻再译时，则如跳入一潭清澈的湖水，嬉戏畅游。这或许是因为我快活过你生命两倍的长度，也或许是因为我的诗与你有着同样的真率、自然、直接等特点。有时，在翻译时，我看见你站在一旁低语："是，是这样。对，这更符合我的原意。以前译文有些地方不是词不达意，就是没有完全理解我的意思。"

亲爱的艾迪特，你诗中多次出现的"异国""陌生人"等词，对当时的我，一个从未出过国的年轻人来说，是多么抽象。但今天，它们已经变成了我的血肉，你的"童年的树"，也已变成我上海的"梧桐树"，它们让我发现我生命的秘密，即"在深海压力下"生活的陌生人。你三十一岁离世，而我那个年纪，正龟缩在瑞典一间移民居住的简陋房里读尼采。天下着雪，在沉沉黑暗里，我也梦想站在阿尔卑斯山峰上，像一个先知，或超人。那时我一无所有，写诗，写《祖国》和《流亡的儿子》等诗作，并问你在《不存在的国家》所问的问题：谁是我爱人？我也同样伸开双臂，在雪地上奔跑，感觉自己是十字架上的基督，又像是天上的飞鸟……

亲爱的艾迪特，二十七岁前翻译，翻译你具有酒神精神的诗歌时，仿佛我们在一起跳迪斯科舞或霹雳舞。今天，重新跳这些舞的时候，发现身子有些笨重，脚步过于僵硬，我不由喘起了粗气。你的表现主义诗歌是看山不是山的艺术，是青春激情，是原始力量，是火山喷射，是肉搏，是拼命，而我已踏入知天命的年龄，到了看山依旧是山的阶段。翻译你二十多岁写的东西，确实感到有些合不上拍，但，有时我依然感到我就是你，或者二十七岁时的我。我被你诗中的激情唤醒。我仿佛在对自己二十七岁前写的诗歌做修改，修改一些浮华高蹈的句子，删除那些什么都没表达的陈词，让比喻和意象更精准精彩，等等。

翻译不是依样画葫芦，或者像某个汉学家所宣称的：干奴隶活。诗歌尤其。翻译是既做奴隶，又做君主。她的前提是爱。爱才会激发创造的激情。有责任感，把别人的作品视作自己的生命。奴隶绝不会这样做。说到底，是演奏家对乐谱的独特处理。当然，演奏家必须理解曲子，有精湛的演奏技巧。一个真正的译者，绝不该是一台拿着字典依样照搬的机器，他必须了解语言和语言背后的文化风俗。他必须"化"，让译诗读起来像原文直接写的一样。当然，是在不肆意改动原作的前提下。这就要求译者对原作中的词语有感性的认识，至少有足够的认知。比如你诗中多次出现的"太阳西沉（消失）"的意象，在北欧和在中国的南方绝不是一回事。在北欧，尤其在夏天的北欧，太阳西下，意味着欢乐的结束；而在夏天的中国，人们恨不得太阳赶紧下山，他们都活在羿射九日的神话影子里。但太阳对你们来说实在是太珍贵了。夏天，在斯德哥尔摩岛上，太阳西移或没有太阳的时候，空气就会出现上海秋末的凉意，所以太阳在北欧就成了爱情和幸福的象征。在你的诗中也是如此。所以，瑞典的夏天在翻译成汉语时有时可译成春天；所以，陶渊明的采菊东篱，翻成瑞典文时最好是译成：在阳光下慢慢地采着蓝莓……

亲爱的艾迪特，你的每首诗，都是你的情绪、你的姿势、你声音的真实记录。翻译你，就是扮演你，或演活你。但瞧，你的诗和我此刻翻译你的环境多么格格不入：灯红酒绿、醉生梦死的上海无法理解你痛苦中诞生的超人之声。你的诗应该生活在海拔两千米的高度，在云上，在北极光下，在森林里，在孤独的灵魂深处。我把诗带到了意大利南方，但我依旧无法翻译或扮演你，无法进入你的诗歌境界，这里的光太亮，太温暖，太刺眼，就像《天堂》里的天体之光。你的诗是地狱和痛苦，它们更适合北欧下雪的冬天和夜深人静的黑夜。对于有点偏向象征主义精雕细琢诗歌技法的我，你的诗歌语言确实显得粗狂简单了一些，但我知道你的伟大正是在这里：对人性和人类前途的关注，表达了我们这个时代缺少的浪漫的乌托邦精神。你在《众杂的观察》里说："尼采的力量不在于他寻找自己声音的力度，而在于从他巨大的感受中那种奔涌而出的高贵。"那么在翻译完你的诗歌时我也不得不说："索德格朗的力量不在于她寻找自己声音的力度，而在于从她巨大的感受中那种奔涌而出的高贵！"

李 笠

白天变冷……

I

白天在黄昏时变冷……
请吮饮我手上的温暖，
我的手流淌着春天的血液。
请抓住我的手，请抓住我白皙的手臂，
抓住我瘦弱肩膀的渴望……
这将是怎样的感觉，
一个夜晚，一个像这样的夜晚，
你沉重的头倒向我的胸怀。

II

你把你爱情的红玫瑰
扔进我的白色子宫——
我烫热的手紧紧握住这玫瑰，
它很快枯萎了……
啊，你目光冰冷的主宰者，
我接受你递来的花冠，
它把我的头压向我的心……

III

今天我终于见到了我主人，
我战栗着很快认出了他。
他沉重的双手压着我柔弱的臂膀……
我悠扬的少女的笑声，
我高昂的女人的自由在哪里？
我感到他紧抱住我哆嗦的身子，
我听到现实硬冷的声音
在撞击着我脆弱的、脆弱的梦。

IV

你寻找花朵，
找到了果实。
你寻找泉水，
找到了大海。
你寻找女人，
找到了灵魂——
你失望了。

一个愿望

在这阳光明媚的世界
我只需一张花园长椅
和一只在那里晒着太阳的猫……
我将坐在那里
端捧着一封信
一封很短的短信
这就是我的梦……

紫色的黄昏

从远古时代我内心就穿着紫色的黄昏，
裸露的少女与奔跑的半人马嬉戏……
金色阳光的日子射出绚丽的目光，
只有阳光对一个女人娇弱的躯体表示敬意……
男人没有到来，从未来过，他不会变成……
男人是太阳的女儿愤怒地扔在峭壁上的一面虚假的镜子，
男人是白色的孩子无法理解的谎言，
男人是骄傲的嘴唇所轻蔑的一只腐烂的水果。

美丽的姐妹，请高高攀上最坚硬的岩石，
我们全都是女战士，女豪杰，女骑手，
纯真的眼睛，天宇般的额头，玫瑰面具，
沉重的波涛和飞逝的鸟儿，
我们是最意外、最深沉的红色，
老虎的斑纹，绷紧的琴弦，没有晕眩的星星。

现代女性

我不是女人。我是中性物。
我是一个孩子，一张书页，一项大胆的决定，
我是猩红太阳一丝大笑的光芒……
我是一张捕捉所有贪婪之鱼的网，
我是一只装盛所有女人荣耀的碗，
我是迈向偶然和毁灭的脚步，
我是自由和自我的飞跃……
我是男人耳中血液的低语，
我是灵魂的高烧，肉体的渴望和拒绝，
我是新天堂的入口标志。
我是火焰，找寻和放纵；
我是一潭水，很深，敢淹没膝盖，
我是自由条件下以诚相待的水火……

朝着四面来风

没有鸟飞入我隐蔽的角落，

没有燕子带来牵挂，

没有海鸥预言风暴……

我在礁石的影子里守着自己的狂野，

准备逃离细微的响动，逼近的脚步……

寂静和蓝是我的世界，那欢愉的……

我有一扇为四面来风而开的门。

我有一扇朝东而开的金色大门——为那迟迟未到的爱情，

我有一扇为日光而开的门，一扇为忧伤而开，

我有一扇为死亡而开的门——它一直开着。

星星

夜来了，
我站在楼梯上倾听。
星星在花园里旋舞，
我在黑暗里伫立。
听，一颗星星鸣响着坠落！
请不要光脚踏入草丛：
我的花园充满了碎片。

我们女人

我们女人，我们如此接近这褐色的土地。
我们问布谷鸟它对春天期待什么。
我们展开双臂拥抱光秃的松树，
我们在夕阳中探究预兆和出路。
我曾爱过一个男人，他什么都不信……
他两眼空空，在一个寒冷的日子走来，
他在一个沉重的日子离去，脸带遗忘。
如果我的孩子死了，那是他的……

北欧的春天

我所有的空中楼阁都已像冰雪融化。
我一切的梦都已像流水逝去。
我爱过的东西只剩下
蔚蓝的天空，几颗苍白的星星，
风在树林慢慢移动。
空虚沉睡，河水安宁。
年迈的松树默默地站着
思怀曾在梦中吻过的白云。

爱情

我的灵魂是一件染着天空颜色的浅蓝衣服；
我把它扔在海边的一块礁石上面，
裸露着朝你走去，用女人的姿势。
用女人的姿势我在你身旁坐下，
喝着一杯葡萄酒，吸着玫瑰的清香。
你发现我很美，像梦里遇见的一般。
我忘掉了一切，忘掉了我的童年和祖国，
我只知道你用抚摸将我捆住。
你笑着拿来一面镜子，叫我照照自己。
我看见我臂膀是一块正在碎裂的泥土，
我看见我的美病了，只有一个愿望：消失。
啊，请把我紧紧地搂住，让我不再有任何渴望。

痛苦

幸福没有歌声，幸福没有思想，幸福什么也没有。

请把你的幸福捣碎，因为幸福是邪恶的。

幸福带着早晨沉睡灌木里的沙沙声慢慢走来，

幸福穿着云朵滑过暗蓝色的深处；

幸福是睡在正午炎热中的田野

或在直射阳光下舒展的大海无恨的水面，

幸福软弱无能，她昏睡着，呼吸着，对世事一无所知……

你认识痛苦吗？她高大强壮，攥着隐秘的拳头。

你认识痛苦吗？她是哭红眼睛满怀希望的微笑。

痛苦给我们所需要的一切——

她给我们打开阴间大门的钥匙，

她在我们犹豫之时把我们推入大门。

痛苦给孩子洗礼，和母亲一块儿熬夜，

铸造金色的结婚戒指。

痛苦主宰着所有人，她摸平思想者的额头，

她把珠宝挂在被追逐的女人的颈上，

她在男人离开自己情侣的时候站在门口……

痛苦还给了自己心爱的人什么？

我不清楚。

她给他们珍珠和花朵，她给歌声和梦想，

她给我们成千上万个虚幻的吻，
她给一个唯一真实的吻。
她给我们奇异的灵魂、怪诞的思想，
她给我们大家生命最高的利润：
爱情，孤独，以及死亡的面孔。

月亮的秘密

月亮知道……今晚血将在这里溅洒。
湖面的铜轨上一个信念在走：
尸体将横在桤木美妙的湖畔。
月亮将在这稀有的岸上洒下最美的光。
风将像起床号在松林里震响：
大地在这孤绝的时辰是多么地妩媚！

我必须徒步穿越太阳系

我必须徒步
穿越太阳系，
在找到我红色衣服上的第一根线头之前，
我预感到了这一点。
宇宙的某个角落悬挂着我的心，
光从那里溅涌，撼动空气，
涌向其他放纵的心。

星星涌动

星星升起来了！星星在涌动。奇异的夜晚。

千百只手从新时辰的脸上揭开面纱。

新时辰俯视大地：融化一切的目光。

疯狂慢慢流入人的心脏。

金黄的愚蠢用年轻藤蔓的激情拥抱人类的门槛。

人们向新的渴望打开自己的窗户。

人们为聆听天上的歌声忘记了地上的一切：

所有星星都在用大胆的手朝大地投掷碎片：

一块块鸣响的银币。

每颗星都向造物传染着疾病：

新的疾病，巨大的幸福。

虚无

安静吧，孩子，没有什么了。
一切就像你看到的：森林，烟，铁轨的逃亡。
在遥远世界的某个地方
有一片更蓝的天空，一道玫瑰点缀的墙，
或一株棕榈，一阵更温爽的风——
这就是一切。
除了松枝上的雪再也没有别的了。
用烫热的嘴唇接吻也是虚空一场，
所有的嘴唇都会随时间变凉。
但孩子，你说，你有一颗强大的心，
你说白白活着还不如去死。
你想要死神什么？你没闻到他衣服上散出的腐味？
没有什么比自杀更令人厌恶了。
我们应该像珍惜沙漠开花的瞬息那样
去爱被病魔纠缠的漫长岁月
和闪烁希望的短暂时光。

我童年的树

我童年的树高高地站在草丛上

摇着头：请问结果怎样？

一排排树好似一声声训斥：你不配走在下面！

你是孩子，应该会一切，

你为什么束缚于病魔的绳索？

你已变成陌生可恨的人！

小时候你和我们长时间交谈，

你目光充满智慧。

而今我们要告诉你生命的秘密：

打开所有奥秘的钥匙放在长着覆盆子的草坡上。

我们要敲你的额头，你这沉睡者，

我们要唤醒你，死人，从你的梦中。

1922. 7

回家

我童年时代的树围着我欢叫：呵人！
草欢迎我从陌生国度归来。
我把脸贴向小草：终于到家了。
从今后我不再理会身后的一切；
我唯一的伙伴是森林，海岸和湖泊。
我从松树汁液丰盈的树冠吮吸智慧，
我从白桦的干枯躯干吮吸真理，
我从纤小柔嫩草茎吮吸力量。
一个巨大的庇护者向我伸出恩爱的手。

月亮

一切死去的东西
都妙不可言：
一片枯叶，一具尸体，
一轮残月。
花朵们知道
森林守着的秘密，
那就是：月亮绕地球的路
是死亡的轨迹。
月亮纺着花朵
热爱的布匹，
月亮在活物上纺着
自己童话似的网。
月亮的镰刀
刈着秋夜的花朵，
所有花朵都在
无垠的期待中等待月亮的吻。

1922.9

不存在的国家

我向往那个不存在的国家，

因为所有存在的东西，我都已厌倦。

月亮用银色的神符

为我描述那个不存在的国家。

在那个国家里，我们一切愿望会神奇地得到满足，

在那个国家里，我们的枷锁会纷纷脱落，

在那个国家里，我们用月亮的露珠

清凉我们焦烂的额头。

我的生命是炙热的幻影，

但一个是我找到的，一个是我确确实实赢得的——

那条通往不存在国家的路。

在不存在的国家里，

我的爱人带着火星四溅的皇冠在走。

谁是我爱人？夜色沉沉，

星星战栗，没有应答。

谁是我爱人？他叫什么名字？

天空高高地，高高地隆起，

一个人类的孩子沉入无边的迷雾，

找不到任何答复。

但人类的孩子不是别的，她是信念，

她把手臂举得比所有天空更高。

于是出现一个应答：我是你所爱的人，永远爱着的人。

琵雅·塔夫德鲁普

李笠 译

　　琵雅·塔夫德鲁普（Pia Tafdrup，1952—　　），丹麦当代著名女诗人，散文家，小说家。作品以爱情诗为主，写得坦荡、热烈，充满南欧诗人的风情。她的诗歌被译成二十多种文字，主要作品有诗集《皇后门》(1998)、《巴黎的鲸鱼》(2002)和诗论集《水上行》(1997)。她曾两度来中国参加诗歌节。

我母亲的手

沐浴在一滴水珠宁静的光里
我记得我如何变成了自己：
一支铅笔塞到我手中
母亲冰冷的手握着我发热的手
于是我们在珊瑚礁之间
来回书写起来
一串水下字母：弓，尖顶
蜗牛壳的螺旋，海星的触手
张牙舞爪的章鱼的手臂
岩洞的穹顶以及层叠的悬崖
字母在抖颤，找到了路
游过那片白
词语像扁鱼摆动，钻进沙子
钻进摇动千百条根须
但泰然自如的海银莲花里
句子像鱼群
长了鳍，站起来
张开翅膀有节奏地游动
就像我血液的流动，盲目

用星星敲打心脏的夜空
这时，她已松开了我
我在她的掌心外已书写了很久

记忆之痕

白天星星是这样生活的：
就像你闭合的眼帘后的一束光线
你额头上的一枚印记
梦中的树开出一朵朵鲜花
不存在任何美的公式
我把手搭在你肩上
让两个指尖攀援你脖子
经过你的耳朵
在世纪之间
画出一道橘红色音阶
写出我们
从煤到钻石的年代
我有火，很快
火焰将在你我间绽放——一张张闪光的脸

铭文

岸卡在夜和晨之间的回家路上
你踏着海草覆盖的石头
身披月光，背对我
向大海尿尿
清爽的声音，回响男孩
用散着热气的黄
在雪中书写自己名字的情景
我们荡着秋千，用一根
更美的飞溅的热水柱
来呼应他们，为了之后
能柔软地轮流征服：睁着
粘满星光般月辉的眼睛
向对方泼洒撩人的浪涛
然后看荒草——荨麻和荆棘
放荡地生长
我们裹着形而上的湿光
给大地留下刺鼻的甜甜的兽印

蜗牛

自天空
沿城堡的高墙，手
朝下伸去
紧绷的肌肉松开

蜗牛
湿漉漉地滑过自己的屋子
聆听
甜柔的脉搏

用这一瞬息的静
装饰我的内壁吧
用蜗牛的慢
填满我下身！

静

盐和面包
创造宁静的光
和所有血细胞
交杂的大地
日子自己毁灭着自己
你的脸，再见！
远处的城市
沉入绵绵细雨
死亡
完全归你自己
只是一颗星星离开了这里

仅只是一把刀

我们喝下毒水
病菌来找我们：
你像一个陌生人走入
用对待陌生人的方式和我说话
窗子为冬日打开
一只翅膀
如沉沉睡眠
从空中飞入窗口，扎向深处
几乎看不见的角落
变成了致命的寒冷
但脉搏在跳
我活着
像一朵被雪覆盖的玫瑰
没人像你这样残酷地伤害我
只有用一把锋刀
才能将我俩分开
雨还要发烧似的到来
我将点燃你
最细血脉我都熟悉的身体
你的脸将转向我

就如同与我们一同航海的地球
雨还要下，你眼里的沙
将会被冲洗干净
我不抱怨年龄
但诅咒
睁眼也会围着打转的盲目
雨还要下，我的抚摸
会让你喘气，就像你
用温情消解我身体的重量
我们不曾相遇
所以也不会有分离

我们不是只活一天的动物

月亮在黑暗里俯身

监视

你合上眼——

眼睛能看到东西

但看见的都不一样

月亮在察看

脸隐藏的东西，门洞开

你闭着眼

——你的脸紧挨着我脸

一股我们出生时的力量

在上升，上升

——我们不是只活一天的动物

我们的大脑

不是用来指挥翅膀飞翔的

而是用来构建语言

或用其他方式出海远航的：

动脑筋就是像极地那样

用清澈的方法来看

——也就是

理解限度

你闭着眼睛——你的躯体

朝杏黄色的光里一跃

睡眠掀倒了

你大脑里的罗塞塔碑；

它展示

没破译的文字……

我们的地点是时间

我们阅读

想记住

还没在我们身上发生的事情

我们没做的

不会得到原谅——

一只手紧紧地攥着

另一只在防守

第三只在祈祷

你闭着眼——你逃向

音乐的结尾

所构建的无限空间

我的嘴里，有你的喊声

燃烧的水

> 从浴鼎出来，他的仪表美得像神。
>
> ——荷马

我要让你泡澡，就像吉尔克的侍女
给奥德赛洗浴；如森林的泉水
以及流入海洋的全河那样
我给浴缸注满热水，为你斟上美酒

我给缸里的热水掺杂些凉水
水汽蒙住镜面，静开始蔓延
你将长时间浸泡，酒会照亮你血液
松懈我用罐里的水浇洒的肌肉

如同侍女把疲惫逐出奥德赛的躯体
我为你擦身，直到世界在屋里凝聚
柔和的水汽越来越浓烈，热
充满了你，你肌肤的芳息弥漫房间

我贴得更近，洗你的脖子和胸膛
抚摩你的脸庞，颈背，肩

我狂喜，看见你忘记了带着的武器
你舒展四肢，更深地沉入浴缸

是的，有生命的地方，应该有水
男人们需要长时间的沐浴……
我帮你抹肥皂，冲洗，你身子变得更重
你不是一名男子，你是众多的男人

此刻，你从浴缸站起，你的魅力
并不亚于美女珀吕卡斯特
刚帮他洗完，还没抹橄榄油
穿上衬衣和罩袍的忒勒玛科斯

哦，那像河流闪耀穿越世界的爱是谁的？
为什么它像纯洁的灵魂奔流
向我涌来，与我长时间独自
在迷宫里转悠时所遇到的东西不同？

泪

你不能在哭泣中
移民
你不能永远
伪装在
无色的遮纱背后

我拥抱你
我把我的热给你
聆听你眼里
那随性
飘落的雨

就是这些泪
在哺育着大地
但它们是咸的
这样的浇灌
不会使任何东西生长

对乱伦思想的批判

如果鱼会开口，它们一定会讲述我们，讲述那个夏日
我们在水里奋进的一刻
我的父亲和我——
冲破暴雨和恐惧掀起的
一个个波涛
我骑在他背上，勾着他肩
搂住他脖子
他游着——那是我还没学会的
我跟随每一个划拨，感受他绷紧的肌肉
富有弹性地在皮下伸缩
他快速劈开比我的血
清凉数倍的波涛，他的速度使我爱上了海水
和空气温暖的抚摩
我父亲闪亮的背脊在起伏
向前，向前。他的手臂在水上奋力长划
我急切地静静躺着，直到他的动作变成我的动作……
他腾越着向前，我紧闭双眼
他潜下去，我跟着——
在水下飞冲的时候，我的手臂把他搂得更紧
我们向前飞冲，肌肉的力量让我感到安全

我们冒出水面，起伏，向惊恐的欢乐和天边的弧线冲去

这不是从一地到另一地的旅行

这是穿过波涛火星

从墓穴的梦抵达闪电的嬉戏

他皮肤的味道掺杂着幻影和海水的苦涩

就这样我奔过了无底的海草森林和礁石的山脉

翻越过一片起伏不平的白色沙面，就像他

曾在张着大嘴的汪洋中

紧搂他母亲的脖子，让她的脊梁托起自己

我们就这样一次一次地潜着，我就这样学会了紧抱

但在没有安全的时候，也会逃脱——

用文字跳舞

冲破水的声墙

与鲸一道歌唱

就这样我涉猎了无法回避的大海的痛苦之路

学会人会溺死，但也可以翩然飘舞——

就这样我与男人相遇：潜到

礁石的洞中，游到隐蔽的洞里，从

最深的想象之海上升，梦见

潮落潮起

聆听鱼鳍的扑打，聆听脉搏……走向死亡——在阳光、咸味
　　和泡沫中飞舞

晚安

我父亲穿上睡衣
只要我仍是个孩子
他就会把星光与月辉
画入我的眼睛
只要我仍是个孩子
他就会像孩子那样说话
像孩子那样理解
像孩子那样思索
我听到的每个
催眠的童话
都带着自己的色彩
我父亲讲得有声有色
即便你是个盲人
你也会看到天上的彩虹
我睡着，梦见
伤口累累的大地
绽放出一朵朵玫瑰
我轻轻地翻身
把脸转向我父亲
从他的眼里

我看见星星和月亮

夜来了——沉沉的夜

银河的麻醉剂

呼啸着

穿过他

不再疼痛，光一样重的身体

金　重

金重

　　原名郭钟，诗人，翻译家，画家。1962 年 12 月生于哈尔滨。1986 年至 1989 年就读于北京外国语学院英语系，获英美文学硕士学位。1991 年 12 月移居美国加利福尼亚圣地亚哥。金重 1981 年开始写诗。1988 年，翻译布罗茨基的作品并发表于《世界文学》。二十世纪八十年代开始翻译中国诗人作品，他是多多、王家新、莫非作品在国内最早的英文译者，于 1993 年发表于《美国诗歌评论》。金重 2017 年成立"幸存者村庄书局"出版社，并编辑翻译出版英文版《大篷车：中国当代诗选》（ The Caravan: Contemporary Chinese Poetry ），2019 年翻译出版诗集《冬至》（ Winter Solstice ），收录了四十位中国诗人的作品。2020 年英译出版梁平双语诗集《嘴唇开花》（ Lips Bloom，四川人民出版社 ）。金重翻译的指纹诗选《还给我们泪水》（汉英双语 ）于 2020 年夏季由幸存者村庄书局出版。2018 年出版个人诗歌集《雪不在乎》，2019 年出版绘画集《风的颜色》。

艾米莉·狄金森

金重　译

1982 年的狄金森

1982 年，大学三年级开学的时候，一位专门研究艾米莉·狄金森（Emily Elizabeth Dickinson，1830—1886）的诗人教授从美国来到了黑龙江大学英语系。他的名字叫梅伯来，具体来自哪所大学我已经不记得了。美国，那时候对于我来说，实际上是既新鲜又陌生的，而狄金森是谁，我只是看到过这个名字而已，当时没有任何书籍能让我读到这位神秘诗人的诗歌。梅教授——同学们都这么叫——五十多岁，穿一件黑色西服，戴一副金丝边眼镜，每天早晨来上课的时候，用左手端着一杯黑咖啡。

课本发下来了，是一本单薄的油印英文诗集。第一堂课，梅教授对狄金森的生平以及当时的美国历史背景做了介绍，我一下子就被吸引住了，这位深刻无底又彻底自我封闭的女诗人引起了我的强烈共鸣。我也是非常自闭的一位，在苏联式的高大的阶梯教室，我平时爱坐在最后一排，也就是最高的一排，好让老师和同学感觉我的"不存在"。然而梅教授的课彻底改变了我的这个习惯，等到他

85

的第二堂课，我第一个来到教室，坐在了第一排最中间。

我大学二年级的时候开始阅读英国诗歌，主要是以华兹华斯为代表的浪漫主义诗人，同时也开始接触中国的新诗歌，如顾城、舒婷等人。那也是我书写第一本诗集《一品红日记》的时代。艾米莉·狄金森的出现，让我获得了对诗歌的崭新认识——诗歌居然能这样写！每一堂课，梅教授都会把一首诗抄在黑板上，看学生都到齐了，他会喝一口咖啡，闭上眼睛，然后用宁静而略带哀伤的语调把诗背诵一遍。第一次他读完诗后，有人突然带头鼓起掌来，这在课堂上还是从来没有过的事，当时我被惊呆了，一下子哭出声来。因为我坐在最前面，所有人都看见了。

课堂上，梅教授会逐字逐句地对诗歌进行讲解。怕学生有不懂的地方，他还按着美国的习惯，给我们另辟了课外辅导时间。记得那一次我拿着笔记本，问了他两个问题。那首诗的标题是 "Because I could not stop for Death"（《因为我无法为死神停留》），其中的第三段是这样的：

We passed the School, where Children strove

At Recess — in the Ring —

We passed the Fields of Gazing Grain —

We passed the Setting Sun —

我的问题是：recess 是什么意思，ring 又代表什么？梅教授告诉我，美国学校孩子的课间休息叫 recess，ring 是双关语，可以指操场，即孩子们休息的地方，也是结婚戒指的意思。这四行诗总结了人的一生：学校和童年，青年婚嫁，中年丰收的稻谷，还有老年——"我们驶过那轮落日"。梅教授讲完以后，连声对我说谢谢：你的问题帮助了我！我马上会把这段遗漏的内容写进讲义，回美国后讲给学生听。

是的，后来我也想讲给学生听，但我没有当上老师，更与教授职位无缘。但梅教授的执教风范影响了我的一生：那种认真，那种谦卑，那种对文学的热爱和奉献。多年以后，在美国我有了女儿，就是大家熟悉的年轻艺术家爱米玉，她的英文名字就是来自我所热爱的美国女诗人艾米莉·狄金森。

爱米玉小的时候，经常提起 recess 和 ring 这两个词，我对此再熟悉不过了。我还想穿越回 1982 年，告诉梅教授，ring 一词，还有拳击台、马戏场、非法帮派的意思。我还要告诉他，他的白瓷杯黑咖啡把我馋坏了，至今阅读诗集或写作，我都要先酿一壶最上等的哥伦比亚黑咖啡。比如现在。

1984 年大学毕业以后，我曾经多次试图翻译狄金森，但每次都发现，她的大部分作品里都有我拿不准的地方，甚至根本读不懂的地方，这让我处于一种孤立无援的境地。1991 年到了美国后，我同导师麦卡弗雷谈起此事，他笑了，他说就是美国学者也不能百分之百弄清楚。麦卡弗雷是加州圣地亚哥州立大学文学教授，1988 年至 1989 年在北京外国语学院任教，是我的硕士论文导师。从去年开始，在这一段对狄金森的再次阅读和翻译过程中，我找到了一些答案。第一，我反倒觉得来自中国的我，更能明白狄金森的诗歌究竟在宣告什么。第二，没有在美国度过漫长的沧桑岁月，没有和美国生活的深度纠缠，是不容易理解狄金森的用词的。第三，也是和前两点有关联的，就是，你要是依靠词典，把英文扒到汉语，你一定会失败的，因为，最新版的汉英词典也不会拥有狄金森所要表达的意义。我在浏览一些现有的狄金森汉语译文时，发现了这个问题。

因为给艾米莉·狄金森译文写序，这两天一直在想北外的钱青老师。她曾经说："为什么要让学生学习英美文学？因为英美文学能令人文雅高尚。"1986 年至 1989 年在北外读研期间，钱青是我的班主任，我是班长。我们这届文学班一共七人。钱老师小时候在英国长大，父亲是驻英国使节，因此她讲一口正宗的牛津腔英语。在北外时我严重偏科，不喜欢的作家不爱读，主要时间花在诗歌和写作上，系里有老师向钱青汇报了这个情况。钱青没有直接找我，但她通过同学姜红把话传给了我：He is a smart boy（这孩子很聪慧）。钱老师是我研究生入学口试的考官，我因为对英国浪漫主义诗歌的见解而被录取。毕业口试也是她，对我的提问是乔伊斯的作品《青年艺术家的肖像》。昨晚上楼睡觉前，我在二楼的沙发上看到了钱青老师逝世的讣告，突然，屋顶的灯泡钨丝烧断了，房子里一片黑。北外毕业后我一直没有再见到钱老师。我失去北外的工作，当时钱老师感觉特别难过。在后来漫长的岁月里，我亦觉得无脸再见恩师。今天写在这里，作为对钱青老师的悼念，也将本辑狄金森的汉译诗歌，献给导师。能成为您的学生，是我一生的幸运。

从去年夏天开始，我一口气翻译了近百首狄金森的诗歌。可以说，每首诗里都有一个或者更多个跨栏需要我去跳跃。一首诗第一天没琢磨明白，过两天会恍然大悟。指纹先生说：金重译的狄金森，完全颠覆了我对这位诗人的陈旧印象，她更像一个横空出世的新诗人。诗人茉棉讲：我阅读过的诗歌里从未有过这样的概念："光芒是新呈现的荒原／我的荒原制造出的荒原"。而我想告诉大家的，我最大的感受就是，不到这个"咆哮的新二十年代"，我是无法通过铁一样的残酷现实去领会、破解狄金森密码的！在她那个时代，她简直就是一个 future woman——未来使者。而处于我们这个时代，阅读她一百六十年前写的诗歌，我们会发现她的锋芒直指我们当今的社会，她是神奇的预言家。我因此相信，尽管在过去的三十年里已经有众多的汉译本出现，我也必须重新翻译狄金森，打开别人没有打开过的门，发掘别人没有发掘的宝藏，并赋予狄金森一个全新的概念，还原她真实的诗歌容颜。

金　重

2020. 5. 21

夏日我们全都见过

夏日—我们全都见过—
但只有几个人—相信—
很少的几个—更加令人珍惜
被毫无置疑地爱着—

但是夏日不在乎—
她在她的大道上行走
就像月亮沿着它的轨迹
穿越我们的鲁莽—

末日被膜拜—
财富被分走—
把无知视为极乐
又一代新人，快要诞生—

我会变得多么快乐

我会变得多么快乐
如果我能够忘记我是多么哀痛
回忆那一片芬芳
是可以忍受的剧情

让整个十一月份艰难
直到我，在最接近勇敢的时刻
像一个小孩子那样走失
消逝于寒冷的岁末

禁果拥有一种滋味

禁果拥有一种滋味
被合法的果园耻笑—
包在豆荚里面有多鲜美
那颗豌豆，锁入道德监牢—

一百年后

一百年后
无人知晓这个地方
曾在此上演的悲痛
静止，如同和平

凯旋的野草排成队列
陌生人散步，拼读
老年死者单一的正字法

夏季田野之风
收复了道路—
本能，拾起记忆失落的
金钥匙—

如悲伤一样老

如悲伤一样老
那有多老？
有一万八千年—
如欢乐一样老
那有多老？
与悲伤一样老

并列为首
却很少肩并肩
他曾经努力—
但在这两位身上
人性，无法掩饰自己！

美的定义

美的定义就是
定义是无—
对于上天，分析并无价值
因为上天和他是一人

感激—不是在说出
一种温柔
而是它静止的评估
来自话语的管道

当大海用线条和铅
拒绝了你的探问
就证明根本无海，或者
那仅是一张更遥远的床?

岁月的伤害

岁月的伤害落到他身上—
时间的嘴脸—
将他如时装那样扔掉
给统治者腾出空间

不用怀念他早晨的队伍
腐败之光荣
只是几分钟的盛世
比最短的生命还要短命

如果它没有铅笔

如果它没有铅笔

会不会试一试我这支——

已经——破损——钝了——多甜美

为你写过那么多

如果它不会写字

是否会画下一朵很大的雏菊

就像当初它采集我的时候

那样大?

巨大的椅子

山峰坐在平原
在巨大的椅子上—
他的观察多面如宝石
遍地生根，他的探访—

四季在他膝下玩耍
如一群小兽围绕父亲—
他是日子的外公
是祖先，是黎明—

空气没有住宅

空气没有住宅，没有邻居
没有耳朵，没有门
没有对另一位的疑虑
啊，快乐的空气！

上天使者却躺在流亡者的枕上——
必要的主人，在生命阴暗哀号的旅店
在光到来之后，你的知觉纠缠我
在光离去之前，试图说服我——

天空低垂

天空低垂—乌云阴沉的脸
一片游荡的雪花
经过谷仓，飘过车辙：
我是否就这样落下—

狭窄的风，臆想着一个人
一整天都在抱怨
大自然，会像我们
有时被看到没戴王冠

我适合它们

我适合它们——
我寻找黑暗
直到我彻底适合。
这是一件严肃的劳作
拥有足够的甜蜜
如果我成功
我特有的节制
会给它们提供更纯正的食物，
如果失败
我还有目标的货车——

天堂是那座老屋

天堂是那座老屋
许多人曾经拥有—
每个人居住瞬间
然后将门反转—
极乐是她租约的节俭
亚当教给她省钱的秘诀
—他曾挥霍过度，彻底破产

以宁静的方式

以宁静的方式——
他问道：你是否属于我——
我没有使用舌头回答
但我用了一对明眸——
于是他载我而起
面对这凡世的喧嚣
以速度之战车
以路程之车轮。
世界真的从我脚下跌落
一公顷又一公顷！
热气球上我俯身
一脚踏在了蓝天的大街上。
海湾已被丢在后面，
前方是新的大陆——
永恒曾是永恒
永恒已经到期！
四季不再属于我们——
也不见黑夜和早晨——
但日出先生在这个地方停下
把它固定在了黎明的村庄。

太阳王躲入一朵云

太阳王躲入一朵云
躲入女人的披肩—
在猩红的圆木上坐下—
水银中透出愠怒的脸
大自然的前额大汗淋漓
蜜蜂载着收获飞回小屋—
南方打开一把紫色的扇子
交给了树木

我认识那些被埋葬的人们

我认识那些被埋葬的人们
我今夜得到的消息
无人愿意听到
即使他们也有这个机会。
即使这能扩展成最小的事件
发酵成最微不足道的行为—
我拥有在地球上行走的权利
如果他们此刻也拥有。

在门前索要名誉的乞丐

在门前索要名誉的乞丐
很容易得到施舍
但面包是更加神圣的东西
不能透露半点份额

最好的事物住在看不见的地方

最好的事物住在看不见的地方
珍珠—就如同—我们的思想。

绝大部分远离公共视线
合法，合理，罕见—

如风的舱室
如灵魂的密室

展示在这里，像金属毛刺那样—
病菌之罪魁，哪里躲藏！

当我的小溪喋喋不休

当我的小溪喋喋不休
我知道它干枯无奈—
当我的小溪寂静无声
那就是一片大海—

大海涌起，我惊恐万状
我试图逃走，到"坚强"的住宅
他要向我保证：
以后不要再有大海！

一朵奇特的云令天空心惊

一朵奇特的云令天空心惊，
若一块布料长有双角；
布料碧蓝—
鹿角浅灰—
几乎要落在绿草间。

它低低俯身—随后优美地行走—
如长袍拂过地面，
座席中间一条绸缎铺下
一位女王走过，还未加冕。

JONG 金重
8/14/2017

高 兴

高兴

　　作家，译者。生于江苏吴江。现为《世界文学》主编。出版有《米兰·昆德拉传》《布拉格，那蓝雨中的石子路》《孤独与孤独的拥抱》等专著和随笔集；主编有《诗歌中的诗歌》《小说中的小说》等图书。2012年起，开始主编"蓝色东欧"丛书。主要译著有《我的初恋》《梦幻宫殿》《托马斯·温茨洛瓦诗选》《罗马尼亚当代抒情诗选》《水的空白：索雷斯库诗选》《斯特内斯库诗选》《深处的镜子：卢齐安·布拉加诗选》等。2016年出版诗歌和译诗合集《忧伤的恋歌》。曾获得中国桂冠诗歌翻译奖、单向街书店文学奖、西部文学奖、捷克扬·马萨里克银质奖章等奖项和奖章。

卢齐安·布拉加

高兴　译

诗人-哲学家卢齐安·布拉加

　　卢齐安·布拉加（Lucian Blaga，1895—1961）是罗马尼亚文学史上罕见的集哲学家、诗人、剧作家、美学家、外交家于一身的杰出文化人物，他在诗歌和哲学领域的成就最为引人注目。

　　布拉加上大学时开始诗歌写作。处女诗集《光明诗篇》甫一出版，便受到罗马尼亚文学界瞩目。接着，他又先后推出了《先知的脚步》《伟大的流逝》《睡眠颂歌》《分水岭》《在思念的庭院》等诗集。诗歌外，他还创作出版了《工匠马诺莱》等八部剧本，以及大量的哲学和理论著作，其中最具代表性的是他的文化哲学四部曲《认识论》《文化论》《价值论》和《宇宙论》。在布拉加的所有成就中，他的诗歌成就最为人们津津乐道。

　　当诗人同时又是哲学家时，往往会出现一种危险：他的诗作很容易成为某种图解，很容易充满说教。布拉加对此始终保持着一份清醒和警惕。他明白诗歌处理现实的方式不同于哲学处理现实的方式。"哲学力图成为启示，最终却变成创作。诗歌渴望成为创作，最后却变成启示。哲学抱负极大，却实现较少。诗歌力图谦卑，但成果超越。"他曾不无风趣地写道。但诗歌和哲学又不是截然对立的，它们完全有可能相互补充，相互增色。布拉加就巧妙地将诗歌和哲学融合在一起。他的诗作在某种意义上正是他哲学思想的"诗化"，但完全是以诗歌方式所实现的"诗化"。他认为宇宙和存在是一座硕大无比的仓库，储存着无穷无尽的神秘莫测而又富于启示的征象和符号，世界的奥妙正在于此。哲学的任务是一步步地揭开神秘的面纱，而诗歌的使命则是不断地扩大神秘，聆听神秘。于是，认知和神秘、词语和沉默这既相互对立又彼此依赖的两极，便构成了布拉加诗歌中特有的张力。

　　但哲学和诗歌的联姻十分微妙，需要精心对待，因为布拉加发现："哲学之不精确性和诗歌之精确性结合起来，会组成一个美满的家庭，产生出一种超感觉的上乘诗作。可是，哲学之精确性和诗歌之不精确性混为一道，则会组成一个糟糕的家庭。所谓哲学诗、教育诗和演讲诗都是基于后面这种婚姻之上的。"有时，为了保护诗艺，就得用上另一件利器，这就是布拉加时常强调同时也不断运用的诗歌秘密："人们说诗歌是一种语言的艺术。不错！但诗歌同时又是一种沉默的艺术。确实，沉默在诗歌中应当处处出现，犹如死亡在生命中时时存在一样。"也正因如此，布拉加描绘了这样一幅自画像：

　　　　卢齐安·布拉加静默，一如天鹅。
　　　　在他的祖国，

宇宙之雪替代词语。

他的灵魂

时刻都在寻找，

默默地、持久地寻找，

一直寻找到最远的疆界。

他寻找彩虹畅饮的水。

他寻找

可以让彩虹

畅饮美和虚无的水。

——《自画像》

虽然诗人"静默，一如天鹅"，但他的心怀着认知的渴望，始终在"默默地、持久地寻找，/一直寻找到最远的疆界"。这其实也是布拉加一生的寻找和追求，他坚信，诗人之路就该是一条不断接近源泉的路。或者，换言之，他给诗歌下的定义之一是："一道被驯服的涌泉。"

罗马尼亚文学史家罗穆尔·蒙泰亚努说道："无论从高处看，还是从低处看，无论向里看，还是往外看，世界对于卢齐安·布拉加都好似一本有待解读的巨大的书，好似一片有待破译的充满各色符号的无垠的原野。"因此，布拉加总是努力地"将一种语言转换成另一种语言"，"将一个代码转换成另一个代码"。蒙泰亚努认为，有三种诗人：一种诗人创作诗歌，另一种诗人制作诗歌，还有一种诗人神秘化诗歌。而布拉加无疑属于最后一种诗人。

没错，布拉加的诗歌总是散发出浓郁的神秘主义气息。他坚信，万物均具有某种意味，均为某种征兆。诗人同世界的默契是：既要努力去发现世界隐藏的奥妙，又要通过诗歌去保护和扩展世界的神秘。在他的笔下，"光明"象征生命和透明，"黑暗"象征朦胧和宁静，"花冠"象征存在，"风"代表摧毁者或预言者，"水"象征纯洁，有时也象征流逝，"黑色的水"象征死亡，"血"是液体的存在，象征着生命、祖传、活力、奉献和牺牲，"泪"意味着忧伤、温柔、回忆、思念和释放，"大地"确保人类存在的两面：精神和物质，本质和形式，持续和流逝，词语和沉默……"雨"则是忧郁和悲伤的源泉。而当"雨"变成"泪一般流淌不息的雨滴"时，就已然成为忧郁本身了。需要强调的是，在布拉加的诗歌中，这些意味并不是固定不变的，有时也会随着心境、语境和环境的变化而有所变化。

布拉加的诗歌还明显地带有一丝表现主义色彩：注重表现内心情感、激情、伤感，充满灵魂意识，力图呈现永恒，讴歌乡村，排斥城市，向往宁静和从容。但不同于典型的表现主义作品的是，他的诗歌神秘却又透明，基本上没有荒诞、扭曲、变形和阴沉，语调有时甚至是欢欣的，时常还有纯真和唯美的韵味。

作为哲学家 诗人，布拉加的目光敏锐而深邃。他很善于抓住事物的本质，然后再用形象的语言表达出来。短诗《三种面孔》就生动地道出了人生三个不同阶段的特质，在某种程度上，也预言了他自己的命运：

儿童欢笑：

"我的智慧和爱是游戏！"

青年歌唱：

"我的游戏和智慧是爱！"

老人沉默：

"我的爱和游戏是智慧！"

高　兴

寂 静

周遭如此寂静，我仿佛听见
月光在怎样敲击着窗户。

胸中
一缕陌生声音醒来，
一首歌在我心中，歌唱着他人的思恋。

据说，那些过早死去的先辈们，
年轻的血液依然在静脉里，
巨大的热情依然在血液中，
生动的阳光依然在热情里，
他们走来，
走来，在我们身上
继续过他们
没有过完的日子。

周遭如此寂静，我仿佛听见
月光在怎样敲击着窗户。

哦，谁知道——再过几个世纪，

在寂静甜美的和弦里，
在黑暗的竖琴中——你的灵魂会在
谁人的胸中，歌唱压抑的思恋
和折断的生命欢愉？谁知道？谁知道？

夏娃

当蛇将苹果递给夏娃时，
用银铃般在树叶间
回荡的声音同她说着话。
但它碰巧还向她耳语了几句，
声音低得不能再低，
说了些《圣经》上没有提到的事情。
就连上帝也没听见它到底说了些什么，
尽管他一直在旁听。
而夏娃甚至对亚当
也不愿透露。

从此，女人在眼睑下藏着一个秘密
并不时地眨着睫毛，仿佛想说
她知道一些
我们不知道的事情，
一些谁都不知道的事情，
包括上帝。

梦想者

一只蜘蛛
悬吊于空中，树枝间，
在蛛网中摇摆。
月光
将它从睡梦中唤醒。
什么在晃动？它梦见
月光成为蛛丝，此刻
它正力图借助光束
朝向天空攀登。
这位勇敢者一路挣扎，
跳跃。
我真担心
它会坠落——梦想者。

高处

山峰上。
高处。只有我们俩。
同你在一起时，
我感到离天很近，
近得难以言说，
近得使我觉得
如果站在地平线上
呼唤——你的名字——
我将会听到
苍穹射出的回声。
只有我们俩。
高处。

夜

月亮上，葡萄酒杯在夜的银辉中
忽然闪现，犹如野兽的眼睛，
你，面带迷人的微笑，搜寻着我
所有蜂拥般的
再也无法安宁的激情。
在地平线清澈的庇护下，
你望着我，以胜利者的神情，
我的眼中映照出你，
辉煌，骄傲，充满了野性。
而我，缓缓地，缓缓地
闭上眼帘，以便
悄悄地拥抱
我眼中你的形象，
你的微笑，你的爱和光——
月亮上，葡萄酒杯在夜的银辉中
忽然闪现，犹如野兽的眼睛。

传说

光彩照人的夏娃
坐在天堂的门口，
一边观看黄昏的伤口怎样在天穹愈合，
一边梦幻般地
咬着蛇的诱惑
递给她的苹果。
忽然，可咒的水果中
一颗核磕到了她的牙齿。
夏娃心不在焉地将它吹到风中，
核掉在地上，生根发芽，
长出了一棵苹果树——
接着，一连几个世纪，
又长出了无数棵。
其中有一棵躯干粗壮结实，
伪善的工匠们用它
制作耶稣的十字架。
哦，被夏娃洁白的牙齿
抛到风中的黑黑的果核。

古老事物间的寂静

我的山，亲爱的山就在近旁。
那些古老的事物包围着我，
它们长满创世时期的苔藓，
夜晚，七轮黑色的太阳
带来丰盈的黑暗，
我该满足了。
天界充满足够的寂静，
可将穹顶牢牢箍在一起。
但我想起出生前的时光，
就像想起遥远的童年，
我感到如此遗憾，没有留在
那无名的国度。
随后，我又对自己说：
天上的星星没有丝毫的喧嚣。
是的，我该满足了。

结局

兄弟，在我看来，任何书籍都是种被征服的病。
可刚刚同你说话的人如今在地下。
在水中。在风里。
或在更为遥远的地方。

我用这张书页锁上大门，拔出钥匙。
我在某个高处或低地。
吹灭蜡烛，问问自己：
那曾经的奥秘去向何方？

你的耳中还留有只言片语吗？
从以前讲过的血的童话中，
将你的灵魂转向墙壁，
将你的眼泪洒向西方。

自画像

卢齐安·布拉加静默，一如天鹅。
在他的祖国，
宇宙之雪替代词语。
他的灵魂
时刻都在寻找，
默默地、持久地寻找，
一直寻找到最远的疆界。

他寻找彩虹畅饮的水。
他寻找
可以让彩虹
畅饮美和虚无的水。

超验景致

恐怖的公鸡总在鸣叫，总在
鸣叫，在罗马尼亚村庄。
夜之喷泉
睁开眼睛，倾听
幽暗的消息。
鸟儿，犹如几名水天使
将大海带到岸边。
岸上——香绕发间，
耶稣内心在流血，
从那十字架
七言① 中。

暴风雨中生长的牲畜
悄悄溜出，从睡眠森林
和其他黑色的地方，
企图啜饮
水槽中的死水。
身着麦子衣装的大地

---

① 七言，指耶稣被钉在十字架上，临死之前说的七句话。

怀着波浪的幻象燃烧。
惊恐的翅膀，发出
传奇的音响，降临于河上。

风，闯入林子
折断树枝和鹿角。
铜钟，或者也许棺柩
正在草地下忧伤地歌唱。

月光奏鸣曲

贝多芬的《月光奏鸣曲》
是月亮降临于大地。
人们如此认定，如此传说：
月亮漫游，穿过树林，
穿过百合，穿过蓝色的露珠，
用苦涩的光和甜蜜的
风，编织一朵朵
奥菲莉亚，玛格丽特，贝阿特丽丝。

她们中间，你那么引人瞩目，
作为奏鸣曲的一段，
那还从未有谁
演奏过的奏鸣曲的一段。

献给单纯之花的颂歌

蒲公英，普世的花儿，
在你金色的炽热背后
——在洁白的纸页上——
岁月正决定着幸福的日子。

你乐意做　颗
毫不起眼的豆子，平凡的花儿。
你只愿在大地上
播下种子。此外，别无杂念。
然而，花开花落中，
你却编织出一道神圣的光环。

天堂里的声音

来吧，让我们坐到树下。
上空依然是天体世纪。
在真理的风中，
在苹果巨大的影子里，
我想解开你的长发，
任其飘扬，如在梦中，
朝向大地的边界。

血液中，什么语言我已关闭？
来吧，让我们坐到树下，
那里，无瑕的时光
正与蛇玩着游戏。
你是人，我是人。
对于我们，坐在光中
是多么严厉的惩处！

女像柱

海边的女像柱，
衣裙显示出她们的青春，
而大理石的光泽
却暴露出象牙般的沧桑。

古老的女像柱
在明智的等候中，
将目光和步态转向
意大利柏和墓园。

朝着日出，朝着日落，
人们呼唤它们树立榜样。
而它们的劳作就是祈祷。

它们遵守着自己的法律：
总是醒着，总是头顶着庙宇，
但永远都不会跪下。

麦穗之歌

庄稼地里的麦穗——战栗，因思恋，因死亡，
当月亮镰刀出现在天穹的时刻。
它们犹如姑娘，用金发
寻找遥远的神灵。

一句话正在火焰包围的麦穗姑娘间传递：
月亮镰刀仅仅是光华——
在风的燃烧中，怎么会
将我们拦腰砍断，将我们撂倒在地？

这是麦穗最大的悲哀，
它们并未遭到月亮镰刀的砍伐，
只是注定让土地铁叉
夺去了性命。

井

挖吧，兄弟，挖吧，挖吧，
直到你遇见水。
做一名挖井人，怎样的嘴
怎样的心会饮用我们。

在深处，抓住道道清泉——
地下温柔的幻影。
让陶土中的光之眼
同胜利的果实融为一体。

赶着羊群的牧人——兴高采烈，
让他们俯下身来，惊异于
如此的幽深，惊异于
缕缕水流编织的童话。

让我们在胸口攥紧词语，
当事实表明，大地内心
就拥有星星——
而不仅仅在遥远的天空。

投入劳作吧，在下午，
为了获得应有的回报。
等待着你的将是
一幅难以形容的夜景。

乡村下面同样藏有星座，
只是要想法让它们升起。
尽管挖吧，挖吧，挖吧，
直到你碰到水中的星星。

夜之声

一个思想在门槛边久久张望。
是请它进屋，还是将它赶走？
词语试图发出声音：
白昼将至！白昼将至！

自古以来，蠕虫始终尽心尽力。
我看见它们在地下劳作，劳作。
在元素周期中，我又将
得到它们的守护。

一个思想在门槛边久久张望。
是请它进屋，还是将它赶走？
我将拥有无人之脸，
就像大地一样。

词语试图发出声音：
白昼将至！白昼将至！
埋葬在这颗星星中，
夜晚，我会同它一起闪烁。

山中

修道院旁，子夜遇见一些
站着入睡的动物。湿乎乎的青苔精灵
在山谷间游荡。
蝴蝶和夜蛾从东边飞来，
为了找寻火焰中的灰烬。
松树根部，紧挨着该死的芹叶钩吻，
牧羊人将一把把泥土
撒在被发力的林子杀死的羔羊身上。
姑娘们从羊圈边
静静走过——裸露的肩膀摩擦着月亮，
圆盘中扬起的尘埃
犹如蜂群，明媚地渗入她们神奇的历险。

黄色的马从草叶中收集生命之盐。
潜伏在树下的上帝不断变小，
好腾出地方，让红色的蘑菇
在它身下生长。绵羊的
血液里，森林之夜是场漫长而沉重的梦。

睡意凭借四面劲风

钻进苍老的山榉树内部。
在岩石的庇护下，一条
毒龙正蹲在某处，将目光转向北极星，
幻想着从羊圈窃取蓝色的奶汁。

信号

鸽子–预言者在高处的
雨中冲洗那煤烟般的
黝黑翅膀。
我在歌唱——
信号，出发的信号。

从大地上的城市
白衣少女们即将动身，
高远的目光投向山峦。
在她们身后，裸体青年
将要向着野生的太阳走去，
所有的肉身都将开始
再温习一遍
血液中那些被遗忘的传说。

为了准时抵达
我们用蜡给房子打上标记，
那里，游戏和折磨
不再从街巷经过，
天穹下，也不再会听到人的

低语，从世纪到世纪。
桥梁将会沉默。
热情将从铜钟里坠落。

遥远的荒野中，硕大的星星闪烁，
唯有小鹿会从那里步入城市，
在灰烬里寻觅稀有的青草。
温柔的马鹿
会走进大门敞开的
老教堂，用睁大的眼睛
惊奇地望着四周。

年迈的马鹿，
像树木抛弃枯叶那样
丢掉自己已死的头角，
然后走吧：
这里，尘埃充满毒性，
这里，房屋曾试图
杀戮人类的孩子。
掸掉泥土
走吧，
瞧——这里，疯狂的生命之酒
流入灰烬，
而仟何其他道路都通往传说，
伟大的，伟大的传说。

世纪

机车在地下行驶。洲际塔楼上空
充斥着看不见的电讯。
架在房顶的天线用其他语言
其他消息摸索着空间。

街衢中间蓝色的信号灯交叉显现。
剧院里，光在吼叫，人类自由陷入狂喜。
崩溃在自我预言，词语终结于血液。
某处，被征服者的衣衫正在抽签。

天使长降临，为了惩罚城市，
它们翅膀被烧焦，迷失于酒吧之中。
白衣舞女通过血液穿过它们，笑着
停在脚尖，仿佛停在倒放的酒瓶上。

但高处，在一千米的天空，星星们
透过枞树枝，朝向东方讲述故事，
而子夜时分，野猪正用嘴
拱开道道泉水。

诗人

纪念赖内·马利亚·里尔克

朋友，我们别再发出徒劳的声音，
召唤那些死去的人！
今天，为众人言说，
他没有形体，没有名字——诗人！
他的生命令我们惊奇，
犹如一支含义模糊的歌曲，
犹如一个稀奇古怪的异端。
在很久以前的岁月里，
诗人，践踏着词语，凭借男子气概，
忍受住了所有的灾难，
而最大的痛苦，最严酷的痛苦，他
在自己选定的孤独之山中将它们平息。

一个示意，
天空之蓝纷纷坍塌，
时光分针滴答走动，
仿佛刀刃划过整个宇宙，
在那些岁月里，诗人情愿忘掉同类和家园。

在迷雾笼罩的残酷岁月里，
当人类连同他们神圣的人性和血肉
大量消散时，
人生——假如有的话，
也早已熄灭——天哪，这刚好够
让幽灵在大地上控制躯体。
诗人，隐姓埋名，退隐于
山峦之盾背后，
与高耸的石峰结为朋友。
艰难中，毫不动摇，他没有逃离命运的游戏，
在白色的冬至和黑色的夏至掩护下，
伟大而又孤独。
无论山谷中苦涩的忧虑，还是上帝已劫持
自己化身力量的想法，都没能将他杀死。
无论远处的巨雷，还是近旁的
漆黑，都没能将他击中。
有那么一瞬，闪电已经
窜到他门口，
但也没能将他化为灰烬。
他总是在自言自语，
而脚步就是他的誓言。

朋友，请允许我提醒你，诗人
只是过了很久，
很久很久才最后死去，被

浸泡于蔚蓝中的一根刺，
酷似蜜蜂之火的一根刺杀死。

太阳之下，诗人被一朵玫瑰，
一根浸泡于
纯粹的蔚蓝和纯粹的光中的刺杀死。
从此以后，在弯曲的树叶中，
所有的夜莺，震惊于所发生的事件，
陷入沉默。
时光的夜莺，在我们珍稀的花园里，
在那一刻没有征兆、徒然显现的
光中，陷入沉默。

我不知道大地上还有
什么能激励它们
再一次歌唱。

JONE 8/15/2017

少 况

少况

　　诗人，译者。一十世纪八十年代开始诗歌创作和文学翻译。作品曾发表在《中国作家》《香港文学》《一行》和《飞天》等刊物上。翻译有布罗茨基、阿什贝利等诗人的作品及小说巴塞尔姆的《白雪公主》和布朗蒂甘的《在西瓜糖里》。出版有《新九叶集》(合集)。

约翰·阿什贝利

少况　译

约翰·阿什贝利阅读 / 翻译笔记八则

1. 阅读阿什贝利（John Ashbery，1927—2017），一首首翻译可能是一条道路。不去理解，只是欣赏，切进去。他在一首短诗《切割很深的》里写道："悲哀地长大，进入真实的世界，/ 我自己根本不问这些问题。"阿什贝利不是用来理解的，甚至不是"不求甚解"。放弃理解，对阅读是一个巨大的挑战。如同骑自行车，下坡时，突然撒开双手，少年般任性的自由和喜悦。《懂你》是一首庸俗歌曲，不懂你的快乐，是我们和这个世界的关系，也是和阿什贝利诗歌的关系。

2. 阿什贝利没有请你跟着他走。是他诗歌展开的风景诱惑你：不是壮丽的山水，不是空山的寂寥，而是"一座破败的 / 圆形石塔。它缩在溪谷深处，无门无窗，/ 只有钉上去的一堆旧执照牌"（《大加洛普舞》，周星月、王敖译）。后荒原的历史场景，仿佛破案的鬼片，在夜里，在梦里。"我来到 / 你生活的地方，上了楼。那儿没人。"(《新的更高》) 所以他在访谈里说，读不下去时，先放一放。这样的风景，你想离开，又不舍得离开，像自己内心迷幻的梦。

3. 但是跟他走，要小心陷阱。比如人称的陷阱：我突然是你，你突然是对面听你说话的人，看过大卫·林奇的《穆赫兰道》就明白他的人物变来变去。还有凭空起高楼，根本不铺垫。很多首诗感觉是从中间开始的，如同我们每天的生活，没由头就陷在那里。还有，它到底是指什么？如果你觉得它可以是这个，也可以是那个，它是任何东西，你就释然了。阿什贝利出出进进，你小心脚下，注意两旁，千万别研究地图。一个人物折叠的城市，道路在脚下，在意念生成的地方，然后消失。

4. "我是约翰，写诗的是阿什贝利。"他这么介绍自己。他是容易亲近的，从不故作姿态，几乎不凌驾在读者之上。《我当时不知道几点》："在时间的大混战中 / 总有事情发生。/ 混蛋商店的消防医生 / 一再警告。"多像一位隔壁的糊涂老头在唠叨，而不是一本正经的长辈耳提面命，讲大道理。对一个译者（翻译无非是阅读中的一种）而言，听见了他诗歌里娓娓道来的平静声音，但不是一个，是多声部。"你好。我得走了，/ 再过一会儿。要不，/ 再晚一点。如果真要走的话。"一首叫《老沙发》的诗这么开头，收录在他快九十、临近生命终点的最后一本诗集《群鸟的骚动》里。这样的对话，或自我对话，随时发生在身边；这两个声音不急不悲，根本不去做刻意的诗的雕琢，却有一种剧终错位到开场的突兀。

5. 想象力是诗人的白日梦。想象走得越远，梦境越怪诞，也越接近梦的本质。阿什贝利一生都在多重梦境中跌跌撞撞。跌倒是他诗中常用的一个词，或一个形象动作。他的诗《不眠》就是醒着的白日梦（"不管你怎么扭曲它，/生命一直冻僵在前灯的光中。"），置于1988年出版的同名集子的第一篇，接下来的一首《巴尔的摩》，简直就是梦呓："二还活着，一从拐角处/哒哒地来了。三是大草原市史上最伤心的雪。"一个孩童的喃喃自语，在他梦幻的世界里，数字是马，是一场伤心的雪。卡通人物常出现在阿什贝利的诗中，在另一项他喜欢的艺术创作——拼贴画中，诗人、画家车前子看到了一个孩子的视角。

6. 意思是意义又不是，而意义有意思，也不一定。没有意义的意思就是意义本身，没有意思的意义更接近意义。如果在它们之间再加上意识，或在（无/潜）意识层面上玩意思和意义关系的掷骰子，你几乎快读到一首学究版的阿什贝利的诗，却不是他的诗本身。阿什贝利喜欢的作家有亨利·詹姆斯和马塞尔·普鲁斯特。而亨利·詹姆斯的兄长威廉·詹姆斯所描述的人们在表达中的犹豫和不明确，更有助于理解阿什贝利写作中的停顿，拐弯，回到无法回去的地方的努力，频繁的虚词。生活没有逻辑，没有结构，因此也不可能有出口，不断驶向不同的进口，有进入不了的沮丧，但未必没有获得可以永远搁置开始的可能性的快乐。说他的诗歌停留在语言上，每一首诗都是关于另一首诗，或许可以从这里得到一点印证。

7. "它是开放的：这座桥，那个方向。"六十岁那年，他以每天一大页的创作，用一百多天，写了一首五六千行的长诗《流程图》，纪念他去世的母亲。然而，一如他在采访中说过的，自己的生活和别人没什么区别，因此他不在作品中写自己，也就没有忏悔体的痕迹。他幻想出了许多他没有的亲戚。史蒂文斯说感伤是感情的失败，阿什贝利继承了他的衣钵，一辈子在不伤感地、饶有兴致地写失败："牢记着所有东西都会破碎，/致告别辞者用他的未来计划敦促我们：/不要放弃，它太快了。东西破碎。是的，它们失败，/或者它们在前方起了锚，但没有人能看得那么远。"(《午夜的朋友》)一种具有开放性的失败，比到此打住有意思吧？

8. 和生活一样，期待是阅读快乐的前提。打破期待，如果方式巧妙，会激起更大的期待。如果不会在出其不意的地方设陷阱，就只会产生枯燥的预判。预判是思维的死结，是读到后来发现不过如此的"呵呵"。"一切让我更新，我以为/我是一个鬼。"(《在车站》)"啤酒和小咸圈是这里仅有的奢侈。/帐篷形状的人走在峭壁上，/后面规划了一家奢侈酒店，/接待未来十年的喜剧性自杀。"(《集注版》)登山者知道山路险峻，但没想到到处是峭壁。阿什贝利写得陡峭，但因为是梦境，他同样写得开阔。

少　况

我当时不知道几点

总有事情发生。
让断路器跳闸，
他不得不早点离开。

但总是有人在注视着。

回到果冻农场，
我甚至不知道如何对你讲。
他安静地走了。

凉亭挂满葡萄。
他们跳舞，没有黯淡。
发光的企业逗弄
椭圆形的水域。

又是午夜。

他们中一些人学会在新世纪里
看时间。渐渐地，他们
在时间的大混战中输掉。

在时间的大混战中
总有事情发生。
混蛋商店的消防医生
一再警告。

总是，有人在注视着。

在一个下午

我告诉他们我要离开，他们都非常兴奋。
（一个我经常观察到的现象。）听上去
足够更加有趣？回答是"英镑上浮了"。

她的名字是琥珀。不要这么挑剔，
我会为你配带格子图案边饰的吊袜带。
在令人镇静的雨中（最滑顺的
单调总是最迷人的）请求配合

一种幸运的抑制换挡。要不就
抽打你丝毫不了解的议会。
活动期（又缝合到一起）
向大型商场表示祝贺。他已经极其……

我有点喜欢上它，全部海洋
补充的眼影，碎布条和其他集聚在那里的
硬币。没有人知道我们将在哪里得到它们，
我下一顿饭。像一个独立的印第安人击打。

物流

那么就明天？那么就明天。
我们将旅行。那一天
将是烈日炎炎。一些说。
越过岩石，
到一个录下来的地方，
一些会认出，
另一些认出一小部分，
还有一些根本认不出——
这是什么地方？

回到一座两万零八百人的
城市里几个小时，
全是良民，
工作结实，
被浪冲刷，
他们不停扎进水里，
想象着。
它无法和开始的
中间部分榫头吻合：
我们在抵达那里中

失去的时间，
少数几位留下
和我们在一起的
朋友，对叶尖忠诚。
他们呕吐的某个开始，
然后，让我们逃离这里，
我们也是魔术师!
对不起——
它无法平衡，
他们穿衣和越过
最遥远的路标的
旅行方式，
事实上是探索
像当时无人知晓那样。

对不起，
正在下雨。
即使你喜欢雨，

某个地方正在下雨。
任何地方你都看不见。
还有人民呢? 他们也离开了，
楔进一个操蛋的梦里。

丢失的十四行

这些日子，他们
长得太快。低调谦逊
变得笨拙，林子
成为一个匆匆走开的地方。
你说你狡猾的举止
朴实无华？那么，冠军，我
也如此遏制你。
你的轨迹上充满新的兴趣。

道路总是能看见前方是什么，
那是阻力。没有牙齿
或星辰反驳一切制造出来
难以弄砸的东西。替客人
洗脚，飞行员。他的名字是杰克，
我们像兄弟，虽然我们从未相识。

没有理由不

家长们提高嗓门，其他人
渴望加入朝圣者向下的远足，
即使在峡谷尽头什么也没看见。

市长也无精打采，
某种绅士，
无法抓住小孩子胡闹中的幽默。

而真实只是在头顶上航行，
像一只红头美洲鹫，以括号之翼，
空如橱柜。

（那么）打断我，
用半详尽的一切
云雾发作留下的孢子。
公寓楼会找到然后忘记我们。

夏日阅读

与这些更轻的日子相伴而来
一种仔细检查的冲动。签到后
我的动机变得寡味，怯懦。
我们要把它带进楼里？
我不得不走了。

告诉我另一个梦。长的事件浮现，
更宽，分得更开，像秋日的碎浪。
鸟突然在那里。沙子上的
纸牌屋摇晃，致命地。我兴致高昂。

你永远不会知道事情如何云开雾散
除了有时靠翻手为云覆手为雨。
我担心知道晚了。
比如，高中校长杀死了他的

明星学生。感到足以胜任，
他们阻止了他。直到他赢得危机，
我们无法推广它。别让啮齿动物靠近。
你好像已经做了什么？

去做有趣的已经做好的事情吧，但愿
春天惩罚你。我们把一切记在心里。
一切都打了垒球，落到我的后门廊里。
不过没事。把我们留在你的摘要里。洞穿那……

酿酒师们

它本意不是想代表它所代表的。
这个只有三角形小帐篷做得到。另外，我们
在一个叫纽约的州里，那里只有蜜蜂有意义。

那些和我们在一起的不和我们在一起，
该打他们屁股。其他人，俯瞰着
海湾柔和的水域，几乎辨认不出
一条圆木组成的信息："返回边疆，
否则将失去一切，不过一些人会及时收获
一个僵硬的态度的利益和荣耀。"
我拿定主意了。
我们就在那一天动身去伊利诺伊。

你考虑过鞭炮吗？
个中含有的灵巧的音乐
平息了一切角逐者。那些最后到达
晚会的获得了最智能的门票对号奖。
我侄女在尼泊尔。我的名字上周
因为要来的冷却棍被记住，
步兵在里面气喘吁吁，傻笑和做梦。

不过，给更加温暖的气候带说说这个吧：
夜里，熊放出来，在街上巡逻。
清晨，希望将城市冲刷一新。
我猜，正是因为我总是在错误的时间
想到雪，投降主义穿过路障冲过来。
它总是知道在哪里找到我。

奇怪，很少人现在还记得水
曾经是用桶装来的，帆
对需要一艘船的人是免费的。
此外，这六类不同的学生
一直用镣铐锁在码头的尽头，
以备有人万一需要他们派用场。
我认为胶水工厂附近
有防风面具。这么多种希望
开始赛跑。一些在途中变身为
本地利益；另一些履行着家庭和公民责任。
我们每人都分配到一项任务，虽然
没有谁意识到，直到任务完成，
并且被遗忘。学习中的喧闹以同样的
程度打扰着一些人和他们的老师，
老师们现在都睡了。夜对这类事情是温柔的。

你记得那一个，那些道路前方的电气小村庄。
我要一个芥末可乐。平时一个商店能找到它。

啊，但我们生活在一个怪异的时代。

你无法从那里到这里。

是啊，现在我会愉快地描述它。

它落在你的房顶上，一个小包裹，

被爱，被加热。不管你怎么装样子，你都会

这么说，我敢打赌。是的，够了！

最好把我们的帽子堆在云室里。

她神奇的手镯突然打开，

好像到了圣诞节。天黑前

我们最好和睦相处，否则会逃不出盒子。

他们不再带着它们，况且，

没有什么太有趣的，仅仅是夜之歌，

和摆得如此漂亮的果盘，

你发誓这之前你

在亚洲，不管是什么，或上个

世纪我们到达哪里，我是说

最近的一次。像舞蹈，它自己结束，

然后耗尽。嗨，它就在这里！

如此这般是那些对我们或多或少

曾是宝贵的东西，而现在折叠进它们

正在发生的梦里。一个男人走到车道的尽头，

环顾四周。没有人看见他。他闲庭信步，

最后一个离去。我们可以写他，

或他的漫步如何干扰到我们。看他
又走了！如果机智是一桩死罪，
我们不应该错过。

世界上最大一杯水

兔子和松鼠无法相信
它们在追逐谁！孤儿院
没有太阳，蒙面的教室里
没有学监。起初不会是
这个样子。一定有人
按错了开关。

现在是那以后甚至更晚。
十年前开花的树
加入了骚动。出城的
路两旁，老人们
频频点头，转身，仿佛陷在
湿水泥里。二流子恰好
冒出来。有趣的是无从
置喙，仿佛大报纸
已经吹破，在它枯燥的道路上
在搜寻一切。我不想等
这个月到来，松鼠说。
喷泉是一头水下的凤凰。

羽管键琴大胆开拓，

正当我在收要洗的衣服。

四月以来，我们被许诺了额外的

顶峰，但这是悲哀的。

我知道我仅仅来到这里一秒钟，

然后离开去给你寄更多的明信片

和信。一路小跑，像一件好东西。

给车轴上粉，祝那条狗生日快乐。

没有时间像一件毛茸茸的礼物，她分享道。

（以上八首译自诗集《星座图》）

简短的答案

大部分时间我被强迫去梦游。
我们紧紧抓住这些老办法，有时
困惑，然后喷泉消失，
时间受到内伤。在它里面和它本身
没有巨吼，力抵抗力，
在时间中弥补在速度中失去的。
瀑布，峡谷，一句王室的我怎么说的
又回到开始的地方迎接我们。
你的旅途可好？哎，我没有持久，
你看，像关于物自体的
梦的边缘反折过来。那么，
我们又成了什么？纸一样薄的过去，
不过如此，可惜了。我们老调
重弹，那些要发生的，何故
在这些上面流连忘返。事已费解，
又为何要难上加难？因为如果它
以不同的方式乏味，那也将是有趣的。
我就是这么说的。

那个无赖，他跳过了篱笆。

我正在擦我的夹鼻眼镜。你可曾收到了他的信?
那个说他一旦结束就会回来的人,
那个甚至在我的睡梦中躲避我的人。那是一个前途
特别光明的时代,我们以为。现在太阳出来了
又在下雨。就像是来自概要中的
一天。我会为你担保,
我们可以继续滚动向前,仿佛没有升起什么,
天边的森林回头看着我们。牧师
摇头,布道者在他临时的短绳一头
放稳两个卷轴。我们走得太远了,
大约一天后我们不得不返回。

休息区

这个词是讲经台，它缺少
大概是尴尬什么的，但是
你也知道了，如同是通过
一个长筒袜。其他骑马侍从讲诉
在那些日子里不少人如何穿过。
其他人晕倒（"在场外"）
而仍然有其他人恭喜
他们的邻里运气好
（一定会大吃一惊
当了解到伪造者毕竟
和大家一样是
普通公民）。而他们依旧
来收拾他们，边缘上
除了头发什么也没有。
没有人能够想象它如何
对你不利却在最想象
不到的时候支持你，气候
由于流氓行为设置了模糊。
与此同时，清晨的气息切碎
一种曾是我们的寒气，另行

安置后，我们知道为逝者

签署确认那些活力四射和微不足道的

正如每一个人都知道它会，

也没有人离开变得更聪明。

暂时这将是一切，

百叶窗关上，因为

最终是时间，而我们

无法说在过去或最近的

过去的任何时刻我们中的

任何人知道或曾经知道

什么。那个如他们所说是谜，

巨大的总数触碰到你的盘子，

当警报停了，亲吻孩子的

肩膀，坦克撤退

仿佛从未要发动过战争，

而我们中没人应该去死

正如我们事实上也没有。

在梦里我亲吻您的手，夫人

像那些感情我们永远无法扔掉。
他会疲倦，或愤怒，
永远无法满足于落在遥远
山脉中的一座山峰上。
像做梦，但还不够。

这让我想起我曾梦见自己
踩高跷走路，就是昨夜。一位小姑娘
给我的高跷，说在上面走
不难，但并非如此，虽然
也不是太难，
只是有点吓人。我穿着遮住
高跷的长裤子，很吃惊
没人认为我变高了，
或者说几乎没人。但我很快忘记了
它们，就像我周围的人一样，
如同那些经常在橱窗里看见的
服装模特，不过不再有那么多了。

睡眠的代价

受到思想的回力镖撞击，你在开阔的
小山坡上醒来。注意：这就是
所谓遭到反对。他旁边一盘
铅制的古玩意味着请勿打扰，但是
如此经常地将它的藤蔓留在尘土里，
学生们可以在那里赎回它们。这里，这
就是我要说的。像鞋美丽。

显然，他们就是那样丈量它们，
穿着短裤的猫，仿佛过去一切
都无所谓，将来也是。我肯定其他人
也有过这些想法；并且是太多。
其他人明天想要为货物的全部账单
再一次签字。地球并不
像你想的那样经常转身，向上顶着
窗扉的圆圆脸颊我们以为哪儿也不在。

此刻我置身其中。安静地去吧，以免
他们示意你我在这里，数着我的珠子，
因为我们被事先告诫过，并由于同样的

原因，参与到我的身体机构里。
他过来，大笑。你友好的
侨民邻居顶住了一冬天的双关语
而一个合适的家伙早已转轨了，
就我们两个。让我们坚持到底！

郊外的缅甸

不要在家里尝试这个。转念一想，进来，
你的斜脸令人不悦。看看发生了什么。

男孩说，透过淋浴的另一面
我有两个人的长相。我们如何理解
那个，除非把它在长长的
致命的栏目里加起来。
其他人和你在一起。空间发生。自然地。不是
每个冲动都使它得以完成。你有你。
你在早晨是一个大人物吗？

新年的天使们筛选信徒。
我们又在走
过场。微风拂来。
那些记住过去的人注定会重蹈覆辙。
另外，它是历史的一部分。
然而，我们没有这样的选择。
我们要进行更恶意的破坏，"带着终结的样子"。
我们两个都在试图藏起来。

一家旅馆不是一扇大黏土窗，
像继父那样进来，
抵制任何改变主题的努力。
保持镇静，收拾好你的东西。

五点钟影子

我所来之处是
"非常不同的"，景色漂亮，
已经分裂成一块块。

事物一直烦扰你。
如此有趣，当
桌子上美丽的事物
倾听，恍兮惚兮。

与友共度一个下午何似？
你能做什么？

（以上六首译自诗集《简单问题》）

福斯特太太的梨

他说她没有全脱。
结果是彼此不知道对方的种族。
是啊，他老爸说他被设了局。
他开始记录其他人。

我星期五约了医生，
一段时间没吃饭，
然后发生在那里，
我银色的爱人。或者耳朵，
我的滑板，更多是他办公室里
某处一个新诞生的炉子。

现在他在侦查它，
抽屉上的日期。

这些我感兴趣。
好好端详。
令人惊慌的是，两边合到了一起。
我们就说那里面有人。
他父亲没有笑成这样，

他整夜都没成功，

而且不让我们知道何时准备好。

在它崩溃前，是什么崩溃了？

不胜枚举的样品。

在旁道旁边

把你的脚踝弄皱。不要冷冻武器，不然
在这个时辰，许多地方都将降温。
是去炉边。情况好转前，
他们绝对不会和找房地产发生任何瓜葛，
通过纯粹的地方感来找我。

三天聚集的雾，
被劫持，后来释放，她不知道如何来这里。
同样的感情迷人，它引起混乱，当
我们的粉丝们开始行动。那些帮我的人懂得
天仙子是票房毒药。中长的伤感电影也是。
那些懂得它们的人未必懂得，
当其他孩子在附近时也不偏袒。
你叽叽喳喳，比如，这里有什么我不明白？
喂，闭嘴，干活！

他占她 / 我的便宜。
那在你生活中是什么样的？
它从来不会发生。
和我一起去某个地方吧。

街上的喷泉

一只怀孕的蚂蚁绕着下水道转圈。

　　　　　　　　——拉里·费根《内容是一瞥》

喷泉死了。
牧场未开，
理由它们自己知道，
万一你要问的话。

门廊上的冰箱喜欢它。
罗斯福夫人也喜欢。
大家都这么棒——
途径越多，经验越丰富。

事实：獾州由蕨类
和羽毛组成。那里生长野水稻。当地人
坐船收割，用蒿敲打茎秆，
谷粒落下，铺满船舱。

一种新的欲望

不再那么好，
后前卫。怎么样？
找到任何仍然被迷惑的人。
你烫成波浪形的双脚站在舞台上。

如果你在十月的宾夕法尼亚
拯救我们的集装箱……
火灾自己发生 / 表明。
我们喝草，醉鱼，
以奴性模式。一件与它相关的事情的古董。

你不得不花钱吃早午饭——我太兴奋了。
在我钟意的山脉餐厅，
来自编辑的牛奶和胡萝卜！
它审查通过，
不然他们也会找到：
完全理解
（要关掉一段时间，
矮胖的规则，亢奋的航线，
导引上师——小景气，他如此说）。

又是一个，掩饰着

任何显著的毛孔，

而且每个人在家，官员们强调道。

不要滑下那几条约翰说他们还没有在用的——

康涅狄格州西部

最差的车道。

他是对的——它不该做任何事，

罪犯鞋。为何许多已经转向太阳。

（以上四首译自诗集《通风廊》）

彩虹洗衣房

在鸦片桥，
一个苹果带着橘子的签名。

只有一只猫进来，
跑动着，仿佛它的命全靠跑。

如今让你对付
所有这一切。

请记住红河谷，我
别无他求，

军旗中士说。

淡紫色笔记本

说足够多次，这是八月。

——杰弗里·G.奥布里恩《三年》

在片场，你需要灌木丛叛军，
通过时那个令人麻木的小椅子。
如果我们击破他们，
会出现七个选区。
看来你不需要油。
我觉得会没事。
她会觉得那不错吗？
或者对那个倾听的人，
无事可做或可想
（吸盘悬挂）？

或者对那个倾听的人，
突然打个哈欠，历史或其他。
家庭经济学。跟着唱博士
找不到回去的路。
这个我不知道，但是
在她的灯旁，你仍然看见

尴尬的仪式，太严肃了？
就这样吧，不完美的开始
在我要去的地方之外。
持续的奏鸣曲外面的监狱，
唯一的焦虑，
既然你好奇他们不做什么
从你红零心页，
等待触摸你的脸。

虽然他们了解它，
而它确实不存在，
不，熬夜然后去睡觉
除非它落在大脑的右边，
那是为这么多的赝品设置的，
月亮丁……

我没有放它们一马。
进攻一片干净的前线，
那有许多要转变。

这些居民，他们早早开始投掷它们。
继续把你的门开向泥土吧！

乘中午的气球去仰光，
古塔胶学院，

到冰激凌的地方，

因为，真的，它有什么区别吗？
当该你回家时。
泪水和鲜花，

看你两手有多脏。
我们有过一个可爱的一角银币。
马上将是七点我问你。

（以上两首译自诗集《群鸟的骚动》）

树 才

树才

原名陈树才。诗人、译者。1965 年生于浙江奉化。1987 年毕业于北京外国语学院法语系。1990 年至 1994 年在中国驻塞内加尔使馆任外交官。现就职于中国社会科学院外国文学研究所。著有诗集《单独者》《树才诗选》《节奏练习》《灵魂的两面》《心动》《春天没有方向》《去来》等；译有《勒韦尔迪诗选》《勒内·夏尔诗选》《博纳富瓦诗选》《法国九人诗选》《小王子》《杜弗的动与静》《雅姆诗选》《长长的锚链》等。2006 年获首届徐志摩诗歌奖，2008 年获法国政府授予的"教育骑士勋章"，2017 年获十月诗歌奖。

布莱兹·桑德拉尔

树才 译

桑德拉尔：把一条命活成了一个传奇

布莱兹·桑德拉尔（Blaise Cendrars，1887—1961）1887 年 9 月 1 日生于巴黎，具体来说，是在圣—雅克街的 Hôtel des Étrangers（可译为"外乡人旅馆"）。他的父亲是瑞士人，母亲是苏格兰人。桑德拉尔这么描述他的父亲：一位冒险者，一个快乐的酒徒，巴尔扎克作品的欣赏者，让小桑德拉尔十岁时就读奈瓦尔的《火的女儿》……桑德拉尔晚年时说："我的家庭其实是由穷人组成，我爱他们，不是出于怜悯，而是因为简单。"

桑德拉尔出生时，他的父亲在埃及，于是母亲就携婴儿车前去找他。桑德拉尔的一生，从此不断移居。他住过埃及的宫殿，到过意大利，上过德文学校，见识过英国的城堡和巴黎的大套房，当然也在瑞士待过。好像他神奇的记忆力让他什么都记得。他的生活是一场又一场冒险。除了真实的旅行，他还借文字的便利做想象的旅行，他的生活和作品是互相关联的。他的作品，并非简单的自传；他加入了想象。

从小，他就如饥似渴地阅读。他什么都读。这是一种自由的教育，也就自然而然从他心里激发起对自由的渴望。在德文中他读歌德，在俄文中读陀思妥耶夫斯基，在卡斯蒂利亚语中读德拉克洛瓦，当然，还在法文中读奈瓦尔。他喜欢读奇书，各种边缘之书，就像他在旅行中爱去人迹罕至之地，结识各类怪人。旅行时，他总是随身带着"又大又沉的书箱"。

家人让他读商学院，他却更喜欢胡闹、挥霍，这种习性很快就发展成偷盗。一气之下，父亲把他锁在房间里。不费吹灰之力，他成功逃脱，还不忘顺手偷走母亲的钱、姐妹的积蓄和父亲的好几盒香烟。从此，他乐得浪迹天涯。这是家庭生活的中断，但又是他个性生命的新开端。他说："我就爱冒险。我没法坐在办公室里。我一听未知的召唤就蠢蠢欲动。我永远抵挡不住未知的召唤。写作是与我天性最不合的一桩事情，待在家里我就感到痛苦……我向往那些偏僻之地。"他肯定受不了帕纳斯派诗人们的书房和象征主义诗人们的温室。因为他的闯荡，法语诗歌赢得了前所未有的开阔。

1902 年，十五岁的桑德拉尔从巴塞尔坐上火车，到了柏林、汉堡，又返回柏林，去往哥尼斯堡（现加里宁格勒），然后又到科隆、慕尼黑。从一个火车站到另一个火车站，他像兰波一样流浪，也像更晚些的凯鲁亚克。在慕尼黑，他遇到一个波兰籍犹太商人，后者穿行于欧洲和亚洲之间，从贝加尔湖到印度，从帕米尔高原到业美尼亚，贩卖首饰和便宜货。这个商人的名字叫罗戈维纳（Rogovine）。他让桑德拉尔穿上新衣服，甚至送给他一把手枪。很快他们就成了合伙人（真的？假的？不好说）。

在诗歌的意义上，桑德拉尔的回忆文字，他的诗句所述，当然都是真的。长诗《西伯利亚大铁路和法国小让娜的散文》就是桑德拉尔通过大规模的回忆重新建构起来的。美国作家多斯·帕索斯在《东方快车》里写了一章，献给桑德拉尔和这首诗。在帕索斯眼里，桑德拉尔这个小伙子简直就是"西伯利亚大铁路的荷马"。

在桑德拉尔的全部作品中，最让人惊叹的，就是这首《西伯利亚大铁路和法国小让娜的散文》。在诗中，桑德拉尔重复着这一句："我饿。"他饥饿于什么？当然，首先是食物，吃的；还有房屋，住的；还有酒，喝的；街道，行走的；还有世界，闯荡的；还有最重大的生命（女人），恋爱的。桑德拉尔好像拥有"通灵者"的目光，他在诗中甚至预言了俄国革命："我预感俄国革命伟大的红色耶稣就要到来……"

这首长诗，色彩纷呈。在列车的穿行过程中，小让娜出场，一朵花。她正是桑德拉尔的用情处和伤心处。只要一想起她，桑德拉尔就会黯然神伤："从我的心底泪水涌起 / 爱神，我想着我的情人。"在这首如同西伯利亚大铁路一样无限延伸的长诗中，地名之多，城市之众，地域之广，时空之阔，令人头晕目眩。旅途中，小让娜反复问着同一个问题："布莱兹，你说，我们是不是离蒙马特很远了？"可以说，不管走到哪里，桑德拉尔都带着小让娜的影子。长诗结束时，诗人对巴黎充满了幻觉般的想象。他梦见了小让娜。正是为了她，他在一个悲伤之夜写下这首长诗。

这是一个少年的冒险经历。世界的辽阔、动荡、战争和苦难，在长诗里一幕幕上演。这首长诗本身就像一只饥饿的胃，扑向生存的艰难和发现的惊喜。

桑德拉尔和罗戈维纳一起奔波了三年。十九岁时，他同罗戈维纳分手，原因之一竟是他不愿娶犹太商人的独生女为妻。二十岁时，他跑到巴黎郊区，做了个养蜂人。巴黎郊区展现给他的是工厂的浓烟、花园的地砖、流淌的运河、咖啡馆和苦艾酒。苏波后来回忆说："桑德拉尔教给我红葡萄酒的神奇和蒲公英的美味。"

但很快，桑德拉尔又跑了。他需要行动。他认为"只有行动才解放人"。在伦敦音乐厅，他充任过杂耍演员。他到处旅行，从不停歇。1909年，他返回俄罗斯，在那里出版了译成俄文的《诺夫哥罗德传奇》。1910年，他到过纽约、巴黎，然后又返回纽约。1912年，他在纽约沦为流浪汉，饥肠辘辘，饿得半死。

回到巴黎，桑德拉尔的两首长诗让人口瞪目呆：《纽约的复活节》和《西伯利亚大铁路和法国小让娜的散文》。他因此结识了这些诗人和艺术家：阿波利奈尔、勒韦尔迪、夏加尔、毕加索，等等。桑德拉尔加入文学潮流中，但显然，他的接触面更广，音乐、绘画他都有兴趣。他夸赞阿波利奈尔："阿波利奈尔，这十二年间（1900—1911）唯一的法国诗人。"那么1911年之后呢？他是想让大家明白：必须算上我桑德拉尔了！确实，连阿波利奈尔也从桑德拉尔的诗歌中得到好处。《纽约的复活节》启示了阿波利奈尔写出《市郊贫民区》。

美国作家亨利·米勒是桑德拉尔最亲密的朋友，他说："桑德拉尔是一座露天矿藏，由最稀有的物质构成。"桑德拉尔不属于任何团体，这位善良、友爱的无政府主义者，他留下了一个自由人

（既是先行者又是发现者）的完全的形象。最重要的，当然还是他的自由精神、诗歌直觉和真诚之心。他的诗看上去混乱不堪，但整个结构异常结实。没有和谐的音步、人为的美文，他更喜欢用生命的直接材料入诗。他的风格是直率的、简捷的，有时冷硬、干涩。他像一颗流星，疾速飞行，又戛然而止。

大批评家鲁斯洛说："桑德拉尔写的不属于文学，它是运动，它是活力，它是宇宙的沸腾之水。未来的阐释者会向我们展示，桑德拉尔掀翻了写作的静态概念，并且告诉我们，他是这些伟大冒险者和撒谎者中的一员：耶稣、荷马、拉伯雷、兰波，等等。"

树 才

2020. 6. 1 临安

西伯利亚大铁路和法国小让娜的散文

那时我还是个少年
我刚十六岁可我已不记得自己的童年
我离我的出生地有一万六千古里①
我在莫斯科，城里有一千零三座钟楼七个火车站
但我觉得七个火车站一千零三座钟楼还不够
我的青春太炽热太疯狂
我的心熊熊燃烧就像阿尔忒弥斯神庙和莫斯科红场
当落日西下。
可我是个糟糕的诗人
我不知道坚持到底。

克里姆林宫像一只巨大的塔塔尔蛋糕
金黄的脆皮，
连同宏伟的纯白色杏仁形大教堂
还有蜜色的钟声……

一位老修道士跟我聊起大诺夫哥罗德的传奇
我渴

---

① 1古里相当于现在的 4.4 千米。

我辨认着楔形文字
然后，突然，圣灵之鸽从广场飞起
我的双手也飞升，带着信天翁的振翅声
而这，就是最后那天的模糊记忆
关于最近那次旅行
关于大海。

可我是个糟透了的诗人。
我不知道坚持到底。
我饿
所有日子咖啡馆里的所有女人所有酒杯
我真想全喝光打碎
所有橱窗所有街道
所有房屋所有生命
在石头路上旋风般打转的所有车轮
我真想把它们扔进战争的大火炉
我真想碾碎所有骨头
扯掉所有舌头
溶化所有这些穿着吓人衣服的怪异的高大裸体……
我预感俄国革命伟大的红色耶稣就要到来……
太阳是一个危险的伤口
它敞开就像一团烈火。

那时我还是个少年
我刚十六岁可我已想不起我的出身

我在莫斯科，我想用火焰养活自己
星辰般缀满我双眼的塔楼和火车站对我远远不够

在西伯利亚炮声隆隆，这是战争
饥饿寒冷霍乱瘟疫
黑龙江的污水顺流冲走数百万具尸体。
在每一座火车站我看着最后那些列车离开
谁也走不了因为没有火车票
而那些启程的士兵却想着留下……
一位老修道士对我唱起大诺夫哥罗德的传奇。

我这个糟糕诗人哪儿也不想去又哪儿都能去
商人们有足够的资本
找机会挣一笔大钱。
他们的火车都是周五早上出发。
听说死了好多人。
有一个商人带着一百只箱子，里面是黑森林闹钟和鸟鸣挂钟
另一个带着些圆帽盒子、柱状零件和各种谢菲德开瓶器
还有一个带着几口马尔默棺材，里面装满罐头和油浸沙丁鱼
还有很多女人
有一些做着两腿之间的生意，也能让人丧命
她们都是特许经营
听说那边死了好多人
她们拿着打折车票旅行
每一个都在银行里有活期存款。

一个周五早上，终于轮到我了

那是十二月份

我出发是为了陪那个珠宝商，他要去哈尔滨

我们在火车上有两个包厢，三十四箱普福尔茨海姆的珠宝和

　"德国制造"的蹩脚货

他让我换上一身新衣，我上车时挤掉了一颗纽扣

——我还记得，我还记得，我经常想起它——

我躺在箱子上，狂喜地玩着那把镀镍的勃朗宁手枪

也是他送给我的。

我开心，无忧无虑

我以为正扮演江洋大盗

偷了戈尔贡达的财宝

我们要把它，幸亏西伯利亚大铁路，藏到世界的另一端

我得守护它，免得乌拉尔山的盗贼来偷，他们打劫过儒

　勒·凡尔纳的街头艺人

我得提防那些红狗子，中国的义和团

大喇嘛手下疯狂的矮个子蒙古人

阿里巴巴和四十大盗

还有凶残的"老坐山雕"的那些死党

特别是，那些时髦的坏蛋

旅馆里的老鼠

国际列车上的惯偷。

然而啊，然而

我却忧伤得像个孩子

列车的节奏

美国精神病专家命名的"铁路事故性脊柱神经损伤症"

开门声车轴碾过冰冷铁轨时的刺耳声

我未来的金银财宝

勃朗宁手枪钢琴和隔壁车厢玩牌人的粗话

让娜的闪亮登场

戴蓝眼镜的男人在走廊里紧张地踱步，路过时瞥了我一眼

女人的呻吟

蒸汽的喘息

天空的车辙中疯转的车轮的无尽噪音

车窗结满冰霜

毫无绿色！

西伯利亚大平原的背后，低垂的天空和沉默者的巨大阴影起
　　伏不停

我睡在一条格子围巾里

它花里胡哨

就像我的生活

而我的生活没能比这条苏格兰披肩带来更多的温暖

从遮挡风雨的蒸汽列车上看到的整个欧洲

也不比我的生活更丰富多彩

我可怜的生活

这条披肩

在黄金箱子上散成丝丝缕缕
我和它们一起滚滚向前
我只有做梦
我只有抽烟
人世间唯一的火焰
是可怜的念想……

从我的心底泪水涌起
爱神，我想着我的情人。
她还是个孩子，我就这样遇见她
苍白、无辜，在一座妓院深处。

她还是个孩子，金发、爱笑、忧伤，
她不笑也从来不哭；
但在她的眼眸深处，当她让你亲吻，
战栗着一朵白色的百合，诗人之花。

她温柔安静，毫无怨言，
有人走近时，她迟疑地退缩，
但当我走向她，从这边，从那边，带着喜悦，
她会迈出一步，然后闭上眼——又迈出一步。
因为她是我的爱，而其他女人
不过是火焰般肥硕肉体上的金色长裙，
我可怜的情人如此孤单，
她赤裸，没有身体——她实在太穷。

她只是一朵花，单纯、纤细，

诗人之花，可怜的百合花，

冻得发抖，孤苦伶仃，几乎枯萎，

一想起她的心我就满眼泪水。

今夜就像千万个其他夜晚当一列火车在夜间奔驰

——彗星坠落——

而男男女女，那些年轻人，寻着欢，做着爱。

天空就像弗朗德勒地区一个小渔村里

那被撕裂的一个穷酸马戏团的棚顶

太阳是一盏烟熏的油灯

秋千把一个女人荡成了月亮。

单簧管、簧片、尖利的笛子和一只破鼓

这就是我的摇篮

我的摇篮

它一直在钢琴旁，当我的母亲像包法利夫人那样弹着贝多芬
    奏鸣曲

我在巴比伦的空中花园度过了童年

然后逃学，到火车站看火车出行

现在，我让所有列车在我的身后奔跑

巴塞尔—通布图

我在欧特耶和隆尚赛马场下过赌注

巴黎—纽约

现在，我让所有列车沿着我的生命奔跑

马德里—斯德哥尔摩

我输掉了所有赌注

我只剩下巴塔哥尼亚，巴塔哥尼亚，它适合我的大忧伤，

巴塔哥尼亚，我还得到南方去做一次旅行

我在路上

我一直在路上

我和我的法国小让娜一起在路上。

列车忽然一震然后落回轨道

车轮再次落回轨道

列车总是车轮落回轨道

"布莱兹，你说，我们是不是离蒙马特很远了？"

我们很远了，让娜，你已经旅行了七天

你远离蒙马特，远离养活你的高地，远离你依偎过的圣心大
　教堂

巴黎消失了，连同它的冲天火光

只剩下这些余烬

这下着的雨

这膨胀的泥

这旋转的西伯利亚

这些越积越厚的雪

还有这叮当作响的疯狂铃铛像青色空气中的最后欲望

列车在铅色地平线的中央战栗

而你的忧愁在傻笑……

"布莱兹，你说，我们是不是离蒙马特很远了？"

那些担忧

忘掉那些担忧吧

墙壁开裂的那些火车站歪在路边

它们悬吊在电报线上

怪模怪样的电线杆手舞足蹈，扼住它们

世界延伸扩展又缩回像手风琴被一只凶暴的手折磨着

在天空的缺口中，狂怒的火车头

奔逃

而在洞里，

是令人晕眩的车轮嘴声音

倒霉的群狗冲着我们的箱包狂吠

魔鬼挣脱了锁链

废铁

一切都是不和谐音

车轮轰隆轰隆

撞击

反弹

我们是聋了脑壳下的 ·场暴风雨……

"布莱兹，你说，我们是不是离蒙马特很远了？"

没错！你让我心烦，你知道的，我们很远了

躁热的疯子在火车头里嚎叫

鼠疫霍乱火炭般在我们的旅途中蔓延

我们在战争中在隧道的中央消失

饥饿，妓女，拽住溃散的云

战场的鸟粪，成堆的发臭的死者

像她那样，干你的活儿……

"布莱兹，你说，我们是不是离蒙马特很远了？"

是的，我们很远了，很远了

所有替罪羊都死在这片沙漠里

听这长满疥疮的羊群的铃铛

托木斯克、车里雅宾斯克、卡因斯克、鄂毕河、泰舍特、威

    尔克内河、上乌丁斯克、库尔干、萨马拉、奔萨—图伦

满洲里的死亡

是我们的站台也是我们最后的巢穴

这次旅行真是可怕

昨天早晨

伊凡·乌力奇满头白发

科利亚·尼古拉伊·伊凡诺维奇啃了十五天指甲……

像死亡和饥荒那样，干你的活儿

这个值一百苏，在西伯利亚列车上就值 百卢布

让座位兴奋起来让桌子起火

魔鬼在钢琴前

他干瘪的手指让所有女人激动

大自然

妓女们

干你的活儿

直到哈尔滨……

"布莱兹，你说，我们是不是离蒙马特很远了？"

可不……别烦我……别烦我了

你的臀部尖尖的

你的肚子发酸你还染上了花柳病

这就是巴黎塞进你怀里的一切

也有那么一点灵魂……因为你不幸

我是可怜你，来吧到我的心上来

车轮是理想福地的风磨

这些风磨是一个乞丐挥动着拐杖

我们是空间的截肢者

我们在四个伤口之上旅行

有人割断我们的翅膀

我们七宗罪的翅膀

所有列车都是魔鬼的不倒翁

养鸡场

现代世界

速度无能为力

现代世界

前方遥不可及

到了终点，还带着个女的，这对一个男人来说真叫可怕……

"布莱兹，你说，我们是不是离蒙马特很远了？"

我真是可怜你啊过来我给你讲个故事

到我的床上来

到我的心里来

我给你讲个故事

来呀！快来！

斐济岛永远是春天

慵懒

爱情让恋人们迷醉在茂盛的草丛中而炙热的梅毒在香蕉树下
　　蔓延

到太平洋的偏僻岛屿上来吧！

凤凰岛、马尔吉兹岛

婆罗洲岛和爪哇岛

还有西里伯斯岛，像一只猫。

我们去不了日本

来墨西哥吧

高原上鹅掌楸开了花

四处伸展的藤是太阳的长发

有人说那是画家的调色板和画笔

令人头晕的色彩像一些锣

画家卢梭来过这里

他的人生因此荣耀

这是鸟的国度

琴鸟，这天堂之鸟

大嘴鸟，这嘲弄之鸟

还有在黑色百合花里筑巢的蜂鸟

来吧！

我们会在阿兹特克神庙的辉煌废墟里相爱

你将是我的偶像

一个天真得花里胡哨还有点丑陋怪异的偶像

啊来吧！

只要你愿意我们就飞向千湖之国，

那里的夜晚真是出奇地漫长

史前的祖先会害怕我的发动机

我降落

我要用猛犸象骨化石给我的飞机搭一个棚子

原始的火会重燃我们可怜的爱

萨摩瓦茶壶

我们要在极地附近舒舒服服地相爱

啊来吧！

让娜让妮特妮奈特妮妮妮依妮松

咪咪乖乖我的小宝贝我的大宝贝

睡吧胖丫头

甜夹心我的甜心

我的小心肝我的小宝贝

我的心肝小宝贝

小羊羔

小坏坏

笨笨

咕咕

她睡了。

她睡着了

但她不吸走人间时辰的一分一秒

车站里所有模糊的脸

所有悬挂的钟

巴黎时间柏林时间圣彼得堡时间和所有车站的时间

在乌法，炮手的血污的脸

在格罗德诺，发光的愚蠢的表盘

还有永远向前的列车

每个早晨人们调准手表

火车向前太阳落后

就这样，我听见洪亮的钟声

巴黎圣母院雄浑的大钟

卢浮宫巴泰勒米的刺耳大钟敲响

罗登巴赫笔下生锈的排钟

纽约公共图书馆的电铃

威尼斯的古钟

还有莫斯科的大钟，办公室里让我苦熬时间的红门的挂钟

还有我的记忆

列车在转盘上轰隆轰隆

列车滚滚向前

像留声机的咝咝声又像吉卜赛人的踩踩舞步

而世界，就像布拉格犹太区的天文钟，反方向疯转。

采摘风的玫瑰花瓣

瞧暴风雨沙沙作响

列车在纵横的铁路网上旋风般疾驰

魔鬼附体的不倒翁

有一些列车从不相遇

另一些在途中消失

站长们下着国际象棋

西洋双六棋

台球

康乐球

弧线球

铁路是一门崭新的几何学

奇偶数归一猜想

阿基米德

和杀害他的罗马士兵

双桅战船

军舰

和他发明的神奇机械

一切杀戮

古代历史

现代历史

漩涡

海难

我从报上得知泰坦尼克号沉没

联想丛生以致我无法推进我的诗句

因为我是糟糕的诗人

因为世界超出了我的想象

因为我忽略了铁路上的各种事故

因为我不懂坚持到底

我害怕。

我害怕

我不懂坚持到底

如果是我的朋友夏加尔我就画一组荒诞画

但我没做旅行笔记

"原谅我的无知"

"原谅我不会玩古老的诗句游戏"

纪尧姆·阿波利奈尔这么说

关于战争我们可以从库罗帕特金元帅的回忆录了解

或者从配着残忍插图的日本报纸

我收集它们有什么用呢?

我陷入

突然袭来的回忆之中……

从伊尔库茨克开始，旅行变得缓慢

实在是太缓慢

我们坐在绕贝加尔湖的首发列车上

人们用彩旗和灯笼装饰火车头

我们在沙皇赞美歌的曲调里离开了车站

如果我是画家，我在旅行快结束时要泼洒大块的红色和黄色

因为我相信我们都有点发疯

一种巨大的热狂已染红这些旅伴的紧张的脸

当我们接近蒙古

它像烈火般咆哮

火车已经减速

而我从车轮没完没了的咣当声中

感觉永恒的礼拜仪式上

那些疯狂的曲调和哭泣

我看见

我看见静默的列车黑色的列车它们来自远东又幽灵般驶过

而我的眼珠就像车站的信号灯，仍在列车后面追逐

在塔尔加尔有十万伤员因为缺医少药而濒临死亡

我参观了克拉斯诺亚尔斯克的医院

在希洛克我们遇见一大群疯狂士兵

我看见，在检疫站，截肢的伤员鲜血四溅

切除的手脚在刺耳的空气中舞蹈或飞翔

战火刻写在每个人的脸上，每个人的心中

笨拙的手指敲打每一扇玻璃

由于恐惧的重压，每一双眼睛都充血红肿

在每一个火车站人们焚烧所有车厢

而我看见

我看见一些列车六十个火车头喷着蒸汽极速逃窜被发情的地
    平线和绝望的乌鸦追逐着

然后消失

朝亚瑟港的方向

在赤塔，我们稍作停留

有五天时间参观城市风貌

我们去拜访了伊兰克雷维斯先生，他想把独生女儿嫁给我

接着火车重又出发。

现在我坐在钢琴前可我牙疼

我随时能看见平静的房间，伊兰克雷维斯先生的商店，还有
    夜间到我床上来的姑娘的眼神

还有穆索尔斯基

胡戈·沃尔夫的浪漫曲

戈壁沙漠

还有在凯拉尔的一支白色骆驼商队

我感到我已经醉了五百多公里

但我在钢琴前这就是我所见的一切

人们旅行时闭上眼睛

睡觉

我太想睡了

闭上眼睛我也能凭气味分辨所有的国度

凭声音识别所有的列车

欧洲列车是四拍节奏而亚洲列车是五拍或者七拍

其他列车悄无声息，是摇篮曲

在这单调的车轮声中很多曲子让我想起梅特林克的沉闷散文

我破解了混入车轮声的所有模糊文本，我汇拢一种暴力之美
　　的散乱碎片

它被我拥有

又压迫我

齐齐哈尔和哈尔滨

我不去更远的地方

这就是终点站

我在哈尔滨下车，人们刚刚在红十字会的办公室放了一把火

哦，巴黎

热烈的炉膛连同你纵横交错的焦木街道

你那些老房子斜在街边像弓身取暖的老祖母

瞧这些广告红红绿绿什么颜色都有就像我黄色的短暂往事

那些海外传奇的骄傲的黄色。

我喜欢在移动的公交车上游逛那些大城市

圣日耳曼—蒙马特这一路公交车载着我冲上高地

发动机哼哼着像金色的公牛

黄昏的母牛啃着圣心大教堂

哦，巴黎

中央火车站意志的站台忧虑的十字路口

只有黑人商贩的门口还透漏出一丝光亮

国际卧铺和欧洲快车公司给我寄来了广告

这是世界上最漂亮的教堂

我的朋友们像栏杆一样围着我

他们担心我出发后再不回来

我以前遇到的所有女人都站在地平线上

她们可怜地挥着手，雨中的信号灯目光忧伤

贝拉、阿涅丝、卡特琳娜和我在意大利的儿子的母亲

还有她，我美国情人的妈妈

尖利的汽笛撕扯着我的灵魂

那边满洲里还有一个女人的肚子正分娩般战栗

我真希望

我真希望从来没旅行过

今夜一种大爱折磨着我

我情不自禁地想念法国姑娘小让娜。

在这悲伤的夜里我写下这首诗向她致意。

让娜

可怜的小妓女

我忧伤啊我无边忧伤

我要去狡兔酒吧追忆我逝去的青春
喝上几杯小酒
然后独自回家

巴黎

独一无二的高塔之城！巨大的绞刑架和车轮刑之城。

1913　巴黎

黄康益

黄康益

　　1965 年生于广西阳朔，1986 年毕业于北京外国语学院西语系西班牙语专业。做过翻译、导游，管过船队和水产品加工厂。2007 年至今先后在中国驻厄瓜多尔、哥斯达黎加、委内瑞拉使馆任文化外交官。翻译有洛尔迦（西班牙）、博尔赫斯（阿根廷）、安娜·恩里克塔（委内瑞拉）、塞萨尔·巴列霍（秘鲁）、弗雷迪·尼亚涅斯（委内瑞拉）等诗人的作品。译著有《天涯·咫尺》(中国、委内瑞拉九人诗选，中西双语，在委内瑞拉出版)、《回旋》(弗雷迪·尼亚涅斯诗选，中西双语)。

塞萨尔·巴列霍

黄康益　译

巴列霍在哪里

塞萨尔·巴列霍（César Vallejo，1892—1938）作为一位出生于秘鲁的诗人，是拉丁美洲最重要的诗人之一。

决定翻译塞萨尔·巴列霍作品，于我纯属偶然。为了《新九叶·译诗集》，我曾找过几位诗人的作品，都因一时难以解决版权问题而作罢。经骆家兄建议，最后选择了巴列霍。虽然国内已有不少人翻译出版过巴列霍作品，但他对拉美文学的影响，他的语言、意象以及呈现在诗句里的孤绝与飞扬的灵魂，让人看到一种与拉美诗歌史上诸多重要诗人完全不同的世界。自然、简单、直接，现实到骨子里而又超越现实。对于我，这便是诗歌的核心。若以自己的理解将诗人的灵魂再现，再次展示拉美现代诗歌的风采，应该是一件特别有意义的事。

关于诗歌，我一直崇尚的是其内在力量，是那种能将人吊起来抽打，或将人的精神抽空，或给人无限生机的力量。就像中药，温热寒凉，阴阳虚实，须有魂魄在焉！

翻译传神，当搜其魂。那么，巴列霍的灵魂在哪里？这里选译的作品全部来自巴列霍 1919 年出版的第一部诗集《黑色使者》，那一年，他二十七岁。那么，二十七岁之前的青年巴列霍，魂在哪里？

巴列霍生于秘鲁安第斯山区一个宗教气氛浓厚的家庭，祖父、外祖父都是西班牙天主教神父，祖母、外祖母是当地的基穆族印第安人。作为十一个兄弟中最小的一个，巴列霍出生时父亲已经五十二岁，母亲四十二岁，老来得子的父母虽然给了巴列霍万般疼爱，却也让他早早就明白了何谓生命日近黄昏。童年的经历，包括家中每日的祈祷与阅读，造就了巴列霍整个形而上学的世界，并渗透了他的一生。生死是宗教的核心，而不断出现的死亡念头，在巴列霍那里，灿烂又无助。

> 无助的瞬间突然从天而降，凌乱
>
> 似入葬的声音，弥漫祷告的旷野，
>
> 而羊群铃铛叮当，宛如秋日正阴凉。
>
> ——《白杨树下》[①]

我一直相信，灵魂如火，语言是灵魂之火苗，而青年巴列霍一直在生死之间起伏。

巴列霍一生历尽困苦磨难。离家求学后，经济上的窘迫使他多

---

① 本文中所引巴列霍的诗歌译文均为本人翻译。

次中断大学学业，其间当过家庭教师，做过糖厂的会计助理。在糖厂里，巴列霍目睹了成千上万农业工人遭受的剥削，他们起早贪黑地工作，只为几毛钱和几把米。没有任何休息时间、永远干不完的活使得巴列霍的身体在那些年里受到极大伤害。这种经历对他的政治和美学观点产生了重要影响。

> 生活中有些打击，很沉重……我不知道！
>
> ——《黑色使者》

诉说苦难的青年巴列霍，灵魂在苦难的旋涡里挣扎，甚至在生命的尽头，还在大声吼叫"我要去西班牙"！

巴列霍与他的祖父和外祖父一样，形而上的追求不妨碍他们对情爱的渴望。祖父辈们献身于神，却与印第安土著女人留下了后代；巴列霍少时差点也走上了神职人员的道路，但因无法忍受不能有女人而放弃。巴列霍的模样总是给人以永远在思考生活的印象，但沉思的背后是活泼的生活，以及与女性有关的爆发力和激情。巴列霍一生中有数不清的关于情爱生活的逸事，女性成了他的鲜血和诗歌的源泉，他的诗歌充满了情感和女性的名字。巴列霍是一边怀着对女性的依恋，经历着情爱，一边最终去了远方。

> 甜蜜的希伯来女，请拔除我泥泞的行程；
> 拔除我紧张的神经和我的痛苦……
> 请帮我，永恒的爱人啊，拔除这长长的渴望，

拔除翅膀上的两颗钉子和爱情里的钉子！

——《焦躁》

夏天，我要走了。黄昏里，

你柔顺的小手让我心酸。

你虔诚而来，老大方至；

我的灵魂早已空无一人。

——《夏天》

巴列霍在对女性的依恋与情爱之间！

巴列霍的故乡圣地亚哥·德·丘科是一个风景秀丽的安第斯山村。巴列霍的父亲在公证处工作，受人尊敬，家庭和睦，而母亲的特别疼爱成了支撑他一生的力量。由于幸福的童年，在后来的所有经历中，巴列霍甚至都以故乡舒适的乡村生活为标准。然而，少小离家的巴列霍，终于还是成了永远的异乡人，甚至母亲去世，他都因经济问题无法回家为母亲送行。而生活的打击，最后更是使他远走巴黎，再未踏上故国的土地。

我梦见一次远行。梦见

你的绣片散落在屋里。

梦见码头远处，有一个母亲，

十五年的奶水喂养一刻的离别。

我梦见一次远行。一句"永远"，

在船头的梯子上叹息；

我梦见一个母亲；

梦见几棵新鲜的蔬菜，

还有黎明的嫁衣上满天繁星。

我梦见码头远处……

梦见一路的喉咙哽咽无声。

——《黎明》

巴列霍在永远的异乡！

巴列霍一直是一个不安的人，他的灵魂在肉体里，在现实世界里，爱并痛苦着，不断地燃烧并闪烁出现代主义诗歌的火焰！他在燃烧中等待，等待着圣婴降临时的安详与甜蜜。不幸的是，或许正是这种等待，预兆了他生命的短暂：

而我的诗句就是你地里的羊群，

在她们的神秘青铜里浅唱低吟，

诉说你深爱的圣婴已经降临。

——《平安夜》

但青年巴列霍早已深切地意识到，爱过、痛苦过并且死过之后，剩下的必是重生，正如万事皆空之后，只有清凉的永恒与虚空：

假如那些丝绸饱含苦楚，

就会有一种温柔，

永远不生，永远不死，

就会飞起另一片神启般的头巾，

飞起那只蓝色的上帝从未示人的手！

——《清凉》

巴列霍是一个形而上的人，巴列霍一直在形而上下之间求索！

黄康益

2020. 5. 21　委内瑞拉

黑色使者

生活中有些打击，很沉重……我不知道。
这些打击像神的仇恨，仿佛从此，
所有苦难卷起的潮水，
都沉积在灵魂的井里……我不知道。

打击不多，但足够……最野性的面孔，
最坚强的脊梁，都会被凿出黑色的豁口。
它们是凶狠的阿提拉策马而来，
它们是死神派出的黑色使者。

它们是灵魂基督永远失陷，
是某种高尚的信念被命运亵渎。
那些血腥的打击，是灶膛门上
烧焦的面包噼啪爆响。

而人……可怜啊……可怜！当他回头，
犹如突然被拍了一下肩膀；
当他回头，两眼疯狂，所有的经历
都沉积在目光里，像一潭罪孽。

生活中有些打击，很沉重……我不知道！

落叶也神圣

月亮！你是大脑袋上的皇冠，
你的黄色影子里，叶子正在飘零！
你是耶稣的红色冠冕，
可怜他正美美地想着蓝宝石呀！

月亮！你是天上疯癫的心，
你为什么这样摇桨？你的杯子
装满蓝色的酒，一路向西，
仿佛一只小船，破旧又忧伤！

月亮啊，多少次徒劳的飞翔，
让你升华，像蛋白石飘散四方：
莫非你是我吉卜赛人一样的心
在蓝天游荡，哭泣吟唱！

圣餐

美丽的雷希雅！你的血管
是我古老死亡的酵母，酝酿了
我生命的黑色香槟！

你的头发，是我的葡萄树
未知的根须。
你的头发，是我梦中
法冠上的丝线！

你的身体，是玫瑰般的约旦河，
充满喧闹的泡沫呀；
她起伏荡漾，仿佛恬静的鞭子，
羞辱邪恶的蟒蛇！

你的双臂让我焦渴，
她们是光亮的纯真仙女，
是救苦救难的白色道路，
是十字架垂死的起点。
她们是我隐秘的蓝色里，
永远不败的血液！

你的双脚是花纹美丽的百灵鸟，
从我的昨日不断飞来！
美丽的雷希雅啊！你的双脚，
是我强忍的泪水，当我从圣灵落下，
当我在棕榈周日来到这个世界，
当我已经永远远离伯利恒！

焦躁

甜蜜的希伯来女，请拔除我泥泞的行程；
拔除我紧张的神经和我的痛苦……
请帮我，永恒的爱人啊，拔除这长长的渴望，
拔除翅膀上的两颗钉子和爱情里的钉子！

我刚从沙漠归来，我曾无数次摔倒；
请拿走毒芹，把酒给我送来：
请用爱情的哭泣赶走我的刺客，
他们的盲眼窟窿像铁一样黑洞洞啊。

请拔除我的钉子，我再生的亲娘！
橄榄树的交响曲啊，请放声哭泣！
请你继续等待，挨坐在我的尸体旁，
看威胁已经让路，百灵鸟就要离开！

你去……而复返……你的哀伤编成了我的
苦行大氅，那是马钱子毒汁和人类的刀刃，
是你坚如磐石的尊严贞洁，
是你身内蜂蜜里的朱迪斯水银。

这是一个奶油般迷人的早上八点……
天有点冷……一条狗经过，嘴里啃着
另一条狗的骨头……寂静的蓣果里
一根被我掐灭的火柴，开始焦躁哭泣！

而我的异端灵魂，厌倦了咖啡的酒神
正在歌颂亚洲的节日！

冰船

我来看你每天从这里经过，
永远在远处的小妖船……
你的眼睛是两个金发船长；
你的嘴唇是短暂的红头巾，
在血色的告别里飘荡！

我来看你经过；直到有一天，
永远在远处的小妖船呀，
直到午后的星星就要离开，
时间和无情已经将她迷醉！

缆绳；反复无常的风；
那是女人的风在吹过！
你冰冷的船长就要下令，
出发的人却是我！

平安夜

乐队沉默，女人们
在枝桠下漫步，影影绰绰；
月亮的梦，从茂密的叶子里漏下，
冰冷，苍白，像无数的云朵。

有一些遗忘了的歌声如泣如诉，
有一些高大的百合，披着象牙的服装。
疯癫的人群，欢声笑语，
野树林充满丝绸的馨香。

多么希望你像光，转身对我微笑；
当你倩影窈窕，如圣灵显身，
节日将在神圣的黄金中歌唱。

而我的诗句就是你地里的羊群，
在她们的神秘青铜里浅唱低吟，
诉说你深爱的圣婴已经降临。

炭火

致多明戈·帕拉德尔列戈

如果不幸来临，我要为蒂利亚
点亮硕果累累的诗行；
每一颗悠扬的果实，
都像送葬的太阳，流着血色凄楚的酒浆。
　　　　　蒂利亚将会有十字架，
那最后时刻光亮的十字架！

如果不幸来临，我将为蒂利亚点亮
嘴唇里的那滴呼啸；
而嘴唇，当我鼓起准备亲吻，
会破裂成一百片神圣的花瓣。
　　　　　蒂利亚将会有匕首，
那把鲜花盛开朝霞般的匕首！

待你归于黑暗，成为英雄，完归道山，
你的花草下面将会有永生；
当你无法入眠，念诵着我的诗句，
我的脑袋，就是一个圣饼浸在圣血里。
　　　　　而你，会像贪婪的病毒，
在百合花里，吸吮我的鲜血！

黎明

我梦见一次远行。梦见
你的绣片散落在屋里。
梦见码头远处，有一个母亲，
十五年的奶水喂养一刻的离别。

我梦见一次远行。一句"永远"，
在船头的梯子上叹息；
我梦见一个母亲；
梦见几棵新鲜的蔬菜，
还有黎明的嫁衣上满天繁星。

我梦见码头远处……
梦见一路的喉咙哽咽无声。

杨柳

那是冬日纾缓，那是黑纱声咽，
那是即将启程的时刻。
那是忧伤的歌声像某种预兆
在傍晚念叨着离别。

那是致命的伤口，
埋葬了我的梦想。
那是陌生的异乡，有维罗妮卡的哀悯，
却要付出天价的生命。

我就要在黎明含泪启程；
进入岁月的弯道，
我飞速的旅途即将弯成镰刀。

当月落西天，圣油冰冷，
漠然的土地上，钢铃响起，
会有狗在刨挖，一边吼叫：再见！

缺席

缺席！当我在清晨离开，
向着注定的边界，
向着更远的地方，进入神秘，
你的双脚必将滑向墓地。

缺席！当我在清晨离开，
像凄凉的鸟，飞向海的阴影，
飞向无声帝国的沙滩，
白色的神殿就是你的牢房。

你的目光会像夜幕降临；
而你会痛苦，并通体变白
有如忏悔之身布满裂痕。

缺席！在你的痛苦里，
会有一群纠结的狗，
青铜一样哭泣着穿过。

鸵鸟

忧郁啊，快把你甜蜜的嘴拿开，
别让我光亮的麦子破了你的斋。
忧郁啊，够了！我的蓝色水蛭，
就要被你的匕首吸干血液！

不要喝光那天降的女人甘露；
我要她明天竖起十字架，
我怕明天无处容身，
嘲讽的棺木已经洞开大门。

我的心是浇满痛苦的花盆；
还有老迈的鸟，正在里面吃草……
忧郁，不要把我的生命抽干，
请你露出女人的嘴唇啊！

白杨树下

致何塞·加里多

白杨已经入眠，它们是
幽禁中的诗人，肃穆，如血。
伯利恒的羊群在山岗上，
日落西天，芳草歌荡漾。

牧羊的老人，
被末日受难的光芒震撼，
他像基督复活一样闪亮的眼睛，
抓住了一群纯洁的星星。

无助的瞬间突然从天而降，凌乱
似入葬的声音，弥漫祷告的旷野，
而羊群铃铛叮当，宛如秋日正阴凉。

而之后，之后，只有天色蓝如铁；
而那里边，一条蒙住眼睛的狗，
像牧羊人一样哀号。

蜘蛛

那是一个走不动的大蜘蛛；
一个无色的蜘蛛，它的身体，
一个脑袋和一个肚子，正在流血。

今天我贴近了它。
它那些数不清的腿，费尽力气，
向所有的侧面伸展。
我还想起它无形的眼睛，
那是它致命的导航仪。

那是一个蜘蛛，
总在石头中线颤抖的蜘蛛；
一边是肚子，
另一边是脑袋。

那可怜的家伙，那么多的腿
还是不顶用。今天我看见
它关键时刻的窘迫模样，
仿佛一个旅人，无比可怜。

那是一个巨大的蜘蛛，它的肚子
让它无法跟上自己的脑袋。
我想到了它的眼睛
和它数不清的腿……
那个旅人让我觉得无比可怜！

巴别尔塔

这个美好的家，没有特点，
用一整块向日葵蜡制作，
一次成型。她在这个家里，
破坏，修复；有时候她说：
这寮房漂亮；就这里了！
有时候她总是哭个没完！

朝圣

我们在一起。梦
轻拍双脚多么甜蜜；
在黯然与平淡中
一切都在滑落，放弃。

我们在一起。那些
亡灵，那些像我们一样
穿过了爱情的亡灵，
正踩着蛋白石般病态的步伐，
穿着笔挺的丧衣，
在我们中间起伏。

亲爱的，我们是在奔向
一片大地的脆弱边缘。
她的翅膀涂着油膏，
纯洁透明。然而
从天而降的突袭，
将每一滴泪水
都磨成了仇恨的牙齿。

一个战士，一个伟大的战士，
为了肩章的荣耀伤痕累累，
壮烈的午后让他勇气倍增，
于大笑间踏过
生命的头颅，仿佛踏过
褴褛敝衣。

我们在一起，紧紧挨着，
步履蹒跚，光明无敌。
我们在一起，走过丁香花
和芥末黄的墓地。

看台有点窄

过来点，再过来点。我没事。
天在下雨；哪儿都没法动。
往前点，脚往前点。

那些手，那些装成荆棘的手，
什么时候才把幕布拉上去啊？
看见吗？那些，真美，多好的雕像！
再过来点，过来点。

天在下雨。今天会有
另一条装着绉绸的船经过；
那船会像黑色的乳头一样，有点变形，
像从狮身人面的幻影里掰下来。

过来点，再过来点。你太靠边了。
那船会把你拖到海里。
哎，纹丝不动，象征性的幕布……
我的掌声是黑玫瑰的节日：
把我的座位让给你！
在我呼啸般的放弃里，

有一根无限的线将要流血。

我不用那么舒服的；
往前，脚往前点！

如果……

——如果我爱你……会怎么样？
——狂欢！
——如果他爱你？
那就是
合乎情理，但没那么甜蜜。

你要是爱我呢？
阴影就会
被你这个小修女击败。

如果狗爱上主人，
辫子会像蛇那样爬动吗？
——不；但光属于我们。
你有病……你走……我困了！

（黄昏的杨树林里，
有一阵玫瑰的呼啸已经折断）
——走吧，小女生们，很快……
我的玻璃窗里，森林已抽出新芽！

致心上人

亲爱的，今晚，我被你钉在了十字架上，
钉在了两根弯曲木头的亲吻上；
你内心忧伤，像耶稣在哭泣，
仿佛圣周五比亲吻更加甜蜜。

今晚很奇怪，你不停地看着我，
开心的死神，在骨头里唱起了歌。
这个九月的夜晚，正式宣告了
我再次失陷，和最人性的亲吻。

亲爱的，我们会同赴死亡，毫不分离；
我们崇高的苦涩会慢慢干枯；
我们逝去的嘴唇将会抵达阴凉。

你幸福的眼睛再不会自责，
我再不会伤你的心。在墓穴里
我们会共枕安眠，就像兄弟俩。

夏天

夏天，我要走了。黄昏里，
你柔顺的小手让我心酸。
你虔诚而来，老大方至；
我的灵魂早已空无一人。

夏天！你要经过我的阳台，
带着大大的紫水晶和金色念珠，
像悲伤的主教，从远方来，
为了寻找并且祝福
前世情侣的破碎戒指。

夏天，我走了。在那边，九月
我有一朵玫瑰要托付给你；
在充满罪恶和墓穴般的日子，
请你为她浇洒圣水。

在恸哭的陵墓里，如果信仰
放出光芒，大理石扇动翅膀，
请你高声念诵超度经，并祈求
上帝，让她永远死亡。

一切都太晚了；我的灵魂里
早已空无一人。

请别再哭泣，夏天啊！那条沟里
有一朵死去的玫瑰将不断再生……

九月

那个九月的晚上，你对我
那么好……好得让我疼痛！
别的我不知道；但这事儿，
你不该那么好，你不该。

那天晚上，你禁不住抽泣，
为我的沉默暴虐，病态悲伤。
别的我不知道……但这事儿，
我不知道为何悲伤……那么悲伤……！

就在那个甜蜜的九月夜晚，
从你抹大拉的眼睛里，我感觉到了
上帝的距离……而我内心温柔！

也是九月的下午，
我在车上，在你的炭火里，
种下了这个十二月夜晚的水塘。

痕迹

今天下午还在下雨；
我却不想活了，亲爱的。

今天下午很美。不是吗？
她像个女人，优雅而悲伤。

今天下午利马在下雨，我想起
自己的无情，残酷，空洞；
我的冰块压着她的罂粟，
压住她的"别这样"。

我的花朵乌黑暴烈，石头
野蛮巨大，冰川横亘。
而终点，在灼热的膏油里，
如同尊严，不发一言。

所以今天下午，我还得，
怀着猫头鹰一样的心离开，

等待别的女人，从痛苦深沉的

陡峭皱褶里，带走悲伤，
带走一点你的痕迹。

今天下午在下雨，下着大雨，
我却不想活了，亲爱的！

妖女

主啊！黄昏里，你在
玻璃后面，亲切而哀伤；
她在你的葬礼上哭得多伤心啊，
　　　　那个女人！

圣周四那天，她黑色的眼睛
像两粒光亮苦涩的粮食！
她梆硬的血滴和哭泣
　　　　钉住了你的十字架！

这个妖女！自从你离开，
主啊，她就再没去过约旦河，
她在红色的水里裸露自己的皮肤，
她还向卑鄙的犹太人出售面包！

黑色杯子

夜晚是个邪恶的杯子。看守人的
口哨，像震颤的针穿过。
你啊，荡妇，为什么已经离开？
你的波浪依然漆黑，还让我燃烧。

黑暗里，地球的边缘像棺材。
你啊，荡妇，你再别回来！

我的肉体在游动，游动
在夜晚依然让我疼痛的杯子里；
我在里面游动，
进入女人内心的沼泽。

星星像炭火……我听到了
它们落在清澈的莲花上，
像黏土沙沙作响。
哎，女人啊！本能的肉体
本是为你存在。女人啊！

那么，黑色杯子啊！即使你已离开，
尘土也会让我窒息，更多的渴望
会在我的肉体里引颈长嘶！

错过

亲爱的青春，我从未
享受过的青春，荒唐的青春！
我知道，那天你在肉体里，
我正转动生命胚胎的纺锤。

你是校园里的中性裙子；
是蓝色的乳汁，在娇嫩的

麦子里流动；是雨中的傍晚，
灵魂在退缩中折断了匕首；

是无名的试管，空空如也
却凝结出梆硬的石头。

是有人开怀，是失明的眼睛
在紫红色的帆船上哭泣。

啊，青春，杳无音讯的青春，
当我离开忧伤的泥土，

沉默不语的青春；再不会
星夜斗胆相约的青春！

请你们走开，
调皮的东西，
甜蜜的小辣椒……

女人啊，你们让我想起她！
因为，悠长的午后，生命
给的太少，而逝去的太多太多！

清凉

我曾经被她迷惑，
多少次……！沿着
她弯曲的灵魂，我玩耍着，
穿过柔软的草莓地，
穿过她清晨的希腊手掌。

然后她替我整理
放荡的黑色领结。而我
又看到入神的石头，
难堪的凳子，还有时钟
转动不停的齿轮
把我们卷到轴上。

多么美好的夜晚，
如今却只是引她发笑，
笑我奇怪的死法，
笑我边走边沉思的模样。
金子般的糖瓜，
糖做的珠宝，
在这世界坟墓般的研钵里

终将彻底破裂。

然而当爱情潸然泪下，
星星犹如美丽的头巾，
或丁香花色，
或橘黄色，
或绿色，
就会浸透整个心灵。

假如那些丝绸饱含苦楚，
就会有一种温柔，
永远不生，永远不死，
就会飞起另一片神启般的头巾，
飞起那只蓝色的上帝从未示人的手！

石膏

安静！这里已经是晚上，
太阳已经下到墓地后面；
这里有一千只眼睛在哭泣：
求你别再回来，我的心已死。
安静！这里一切都披上了
悲痛的衣裳，这场激情
像坏了的煤油，难以再点燃。

春天就要到来。自地平线
横亘的时刻，当爱神的晚香玉
点燃了火炉，你将唱响夏娃之歌。
请你从此宽恕诗人，哪怕
宽恕依然让我疼痛，
就像钉子将棺盖封住。

然而……在抒情的夜晚，
当你满怀记忆，自远处看见
我的海盗船与无情，
你美好的乳房，你的红海
将会被十五岁的波浪撞击。

然后，你的苹果园，你的
嘴唇，将最后一次为我憔悴，
为爱而死并鲜血淋漓，
就像耶稣的代罪羔羊。

心上人啊！你会歌唱；
我灵魂里的柔美女性必会震颤，
犹如丧礼中的大教堂。

骆 家

骆家

生于二十世纪六十年代。诗人，译者。二十世纪八十年代开始诗歌创作和文学翻译。出版个人诗集《驿》《青皮林》《学会爱再死去》《新九叶集》(合集)；译有格鲁吉亚诗人塔比泽诗选《奥尔皮里的秋天》、屠格涅夫小说《初恋》《春潮》等；主编《新九叶集》(与金重)。曾获上海市民诗歌节优秀诗歌、深圳第一朗读者最佳翻译等奖项。居深圳。

马雅可夫斯基

骆家 译

一朵未来主义的云
——马雅可夫斯基长诗《穿裤子的云》导读

马雅可夫斯基（Влади́мир Влади́мирович Маяко́вский，1893—1930）1914 年开始创作《穿裤子的云》这首著名的长诗时，正是由他倡议在俄国外省展开未来主义巡回讲演和朗诵[①]的时期。诗人在乌克兰敖德萨结识并爱上了十六岁少女玛丽亚·德尼索娃，但遭到对方拒绝。1915 年 7 月长诗得以完成并发表。送审时的题目原为"第十三使徒"（马雅可夫斯基自称他就是"第十三使徒"），未获官方审查通过，遂改为"穿裤子的云"。这是继俄罗斯未来主义宣言《给社会趣味的一记耳光》之后，公开发表的第一首著名的未来主义诗歌，后被选入俄罗斯十一年级（高二）文学课本。

马雅可夫斯基的长诗《穿裤子的云》表面写的是爱，没有回

---

① 为了扩大俄罗斯未来主义的影响力，经马雅可夫斯基倡议，从 1913 年 12 月至 1914 年 3 月底，俄罗斯未来主义主要代表马雅可夫斯基、布尔柳克兄弟、克鲁乔内赫、康定斯基和谢维里亚宁等开始在俄国未来主义外省（旧俄，圣彼得堡和莫斯科以外统称"外省"）巡回演讲和朗诵。

报、痛苦的爱，同时它又与诗人在作品中表现出来的孤独、拒绝政治，甚至无神论密不可分。评论家将马雅可夫斯基这首长诗的主题总结为："打倒"和否定一切，包括爱、诗歌、大众、新艺术、专制、宗教（上帝）。主要思想是所谓的四声呐喊："打倒你的爱！打倒你的艺术！打倒你的制度！打倒你的宗教！"《穿裤子的云》这首诗充满绝望。诗人厌倦周围的环境，抗议和批评所有领域，因此，所谓的"爱情"主线纯粹是为了对付审查官而发明的障眼法。

体裁采用四部曲，由引子和四个章节组成。

《穿裤子的云》是一种轻松浪漫与粗鲁、日常生活的结合，诗人天才地将不相容的人物和形象结合在一起，使之成为未来主义者马雅可夫斯基的专有词汇和"代名词"。诗人向我们呈现出浪漫、敏感、温柔和脆弱的一面，但同时他也是一个坚强的人，有个性，不乏自信。他通过建立起某种"逆喻"（如：好像死人的／脉搏），表明他不会容忍人性的虚无，他要尖叫、呐喊。诗人给长诗中的抒情女主角取名玛丽亚也自有原因。在第四章中，诗人将她的形象与《圣经》中圣母玛丽亚和玛丽·抹大拉的形象进行比照。就是说，爱的故事的讲述者的名字代表神圣、超凡脱俗的爱。但现实中，女孩却拒绝了他。事实上，她背叛他，像犹大一样出卖他，因为她意识到诗人不能给她财富。对她来说，金钱起着重要的作用。

《穿裤子的云》出版后，第一个写书评的是马雅可夫斯基的好友、作家、评论家维克多·什克洛夫斯基（Виктор Шкловский，

1893—1984）。他写道，在马雅可夫斯基笔下，"曾经与艺术无缘的街巷找到了自己的词，自己的形式"，"《穿裤子的云》是一部青春、骚动的独白，它让帕斯捷尔纳克回忆起陀思妥耶夫斯基笔下年轻的造反派们，而高尔基则感叹'他从没在《约伯记》[①]以外的地方读到过如此这般与上帝的对谈'"[②]。此外，科·楚科夫斯基（Корне́й Ива́нович Чуко́вский，1882—1969）、伊·列宾（Илья́ Ефи́мович Ре́пин，1844—1930）等文艺界权威对这首长诗亦大加赞许。《穿裤子的云》一经出版，即获得空前、一致的好评。

未来主义之父、意大利诗人菲利波·托马索·马里内蒂（Filippo Tomasso Marinetti，1876—1944）与其说是一位实践者，不如说是一位理论家。而俄罗斯未来主义虽然竭力要与马里内蒂厘清差异、保持独立，诗人马雅可夫斯基实际上却成功地使马里内蒂的未来主义主张在俄罗斯率先落地。在长诗《穿裤子的云》中，作者采用新的分行、创新节奏、自由韵，再结合哲学的偶因论（Occasionalism）。马雅可夫斯基借此让未来主义的诠释显得更为成功，故译者称《穿裤子的云》这首长诗为"一朵第十三使徒的云""一朵未来主义的云""一朵马雅可夫斯基的云"。

倘若能对马雅可夫斯基的诗歌进行全景式综观，译者以为，未来主义对于马雅可夫斯基而言不仅是一个诗歌流派，更是诗人对生

---

① 《约伯记》，《希伯来圣经》的第十八本书、基督教《圣经·旧约·诗歌智慧书》的第一卷，也是《圣经》全书中最古老的书籍之一。约伯这个名字的含义是"仇视的对象"。该书的形式是诗歌，讲述了约伯的故事。

② 引自《生命是赌注：马雅可夫斯基的革命与爱情》第三章《穿裤子的云》，（瑞典）本特·扬费尔德著，糜绪洋译。

命与艺术的主张和态度。俄罗斯未来主义者反对因循守旧。破旧立新、特立独行才是译者译介诗人马雅可夫斯基并理解其惊世骇俗的创作的、具有说服力的、重要却非唯一的密电码。

骆　家

2020. 6　深圳南山

穿裤子的云[①]

四部曲

你们的思想，

耽于脑子里软绵绵的胡思和乱想，

仿佛躺在脏兮兮床上那位肥胖的仆人，

我将用心血染红的一块布挑逗；

我无情嘲弄，刻薄又尖酸。

我的灵魂没一丝白发，

那里也没有一丁点儿的婆婆妈妈！

晴天霹雳将世界震聋，

我来了——美男子，

二十二岁。

温柔的人们！

你们用小提琴演绎爱情。

粗野的人敲个定音鼓就把爱敲定。

可都不能把你们自己像我一样翻个个儿，

---

① 译自《马雅可夫斯基》三卷本第三卷，1965 年，莫斯科文艺出版社。

倘若一律能让嘴巴密不透风！

来学学吧——
客厅里走出的薄衫女子，
美人堆里规矩多又拘谨的官太太。

而她不紧不慢地吧嗒小嘴，
像厨娘翻阅烹饪秘籍。

知道吗——
我能为了肉疯掉
——并且，跟天空一样变换各种花样——
知道吗——
我可以温顺得简直无可挑剔，
不像男人，而变成一朵——穿裤子的云！

我不相信真有个花团锦簇般的尼斯①！
我还要高唱赞美歌，
为疗养院病房里躺累了的老爷，
还有为像谚语般被滥用的女人。

I

你们以为是打摆子说胡话？

---

① 尼斯，法国地中海滨港口城市，度假胜地。

这真发生过，
发生在敖德萨。

"我四点钟到。"——玛丽亚说了。

八点。
九点。
十点。

眼看着傍晚
隐入狰狞夜色之中，
远离窗口，
眉头紧锁，
三九严寒。

连枝形烛台
都放肆地笑弯了腰。

现在不可能有人把我认出：
浑身青筋鼓胀的大高个儿
受尽了煎熬，
蜷缩成一团。
这大高个儿还能有什么奢求？
但大高个儿奢求的可不少呢！

要知道于己而言这并不重要，
不管是铜制的，
不管心冷如铁。
夜里只想自己的声音
能躲进
女人的温柔乡里。

你看，
大高个儿，
窗口猫着腰，
额头贴着窗玻璃游动。
会爱上吗，还是不会？
怎样的——
深深的爱抑或一点点爱？
这样的体格哪来的大爱：
只可能是小爱，
被驯服的小情人儿。
她总躲闪小汽车的喇叭声，
却又喜欢铁轨马车清脆的铃铛。

还没完，
雨中
把脸颊藏进他带着雀斑的脸，
我在等，

一个被城市溅起的喧嚣淹没的人。

子夜，手中仍握着餐刀，
她追上了，
砍杀起来——
让他滚蛋！

十二点已倒下，
仿佛囚犯的头颅从断头台滚落。

窗玻璃上灰色的雨
四处游走，
鬼脸怪相演变成了庞然巨物，
仿佛嚎叫的
巴黎圣母院幻象。

该诅咒的女人！
什么，莫非这还嫌不够？
很快一声叫喊就能撕烂嘴巴。

我听到：
轻轻地，
好像一位下床的病人，
一根青筋怦怦跳。
紧接着——

开始是走过去，
勉勉强强，
尔后就跑起来，
兴奋无比，
清晰又利索。
到现在，包括它再加上新的两根
都像绝望的朱顶雀一样辗转难眠。

楼下天花板的墙皮轰隆一声塌掉。

那些神经！——
粗的，
细的，
很多的！——
疯子一样狂奔，
以至于
神经们的双腿也发软！

屋内的夜色朦胧如水草——
疲惫的眼睛再不能在水藻中张开。

大门突然一通乱响，
好像旅馆
两扇门无法合上。

你走进屋，

冷冷地，"不屑一顾！"的样子，

揉了揉麂子皮手套，

说：

"您知道吗——

我要结婚了。"

嗯，嫁您的吧。

没啥了不起。

我顶得住。

瞧——多么平静！

好像死人的

脉搏。

记得吗？

您说过：

"杰克·伦敦，

金钱，

爱情，

欲望。"——

而我只看见：

您——蒙娜丽莎

活该被盗！

果然就被盗了。①

热恋中的人再次玩起恋爱游戏，

欲望之火照亮耸起的眉弯。

到底发生了什么！

就算房子已烧得精光，

有时候照样能住些无家可归的流浪汉！

您逗弄谁啊？

"您那些奇珍异宝

哪比得上乞丐手里的几个戈比。"

请记住！

庞贝城完蛋了，

一旦人们惹恼了维苏威！②

哎！

先生们！

喜欢

亵渎神灵，

作奸又犯科，

屠杀——

而最可怕的

---

① 意大利画家达·芬奇的名画《蒙娜丽莎》曾先后两次（其中一次于 1911 年 8 月）被盗，后均被归还。

② 公元 79 年，意大利维苏威火山爆发，盛极一时的庞贝古城被摧毁。

你们曾见过——
我的脸，
当
我
完全死去?

我就会感到——
"我"
对于我已容不下。
有个人执拗地从我身体里往外挣脱。

喂!
谁呀?
妈妈?

是妈妈!
您的儿子得了绝症!
妈妈!
他的心着了火。
告诉妹妹柳达和奥莉雅——
他已在劫难逃。
每个词,
甚至一个笑话,
经由他滚烫的嘴,
蹦出, 好像一位赤身裸体的妓女

从失火的烟花柳巷逃出。

人们嗅来嗅去——
一股烧烤的味道弥漫!
终于赶上了一群人。
金光一闪一闪!
头戴钢盔!
大皮靴可比不了!
请告诉消防队:
人们爬上炙热的心都小心翼翼。
我自己来。
我眼珠子快瞪出来,眼眶噙满泪水。
让我叉腰歇一歇。
我要逃出去!逃出去!逃出去!逃出去!
轰隆一声倒坍。
心魔你逃不出!

烟熏火燎的脸上,
干裂的嘴唇那里,
仿佛突然长出来一个烧焦的吻。

妈妈!
我唱不了歌。
心的教堂里我只给唱诗班保留座位!

那些被烧焦的词语和数字的尸骸

爬出骷髅，

好像儿童从着火的屋子里逃出。

多么恐怖，

笼罩住天空，

高高举起的

邮轮"露西坦尼亚号"①那些燃烧的手。

战栗的人啊，

舱房的死寂，

码头那边冲天的火光将天空撕碎。

最后的呼喊——

你哪怕

能替我把这痛苦呻吟几百年！

II

赞美我吧！

我跟伟人凑不了一对儿。

我做的所有一切，

我都刻上"nihil②"。

从来

---

① 第一次世界大战期间，1915 年 5 月 7 日，美国豪华轮船露西坦尼亚号不幸被德国潜艇击沉，造成一千多人丧生。

② nihil，拉丁语，意为虚无。——原注

什么都不想读。
书吗？
书算什么！

我曾想——
书应该是：
诗人一来，
嘴巴轻松一张，
老实人立刻也能热情奔放地唱起来——
哈哈！
到底如何呢？——
唱歌之前，
走很长时间的路，磨出老茧，
愚笨的想象之鲤
只能勉强从心的泥藻中挣脱。
当水快煮干，韵脚吱吱作响，
爱情和夜莺就熬成某种大锅粥，
整条街都在抽搐，无法言语——
她没法喊也无法说。
城市的巴比伦之塔，
踌躇满志地意欲重建，
可上帝
将城市
夷为平地，

通过把语言变乱①。

街道忍着疼痛默默前行。

呼号如鲠在喉。

直直地卡在嗓子眼里的

还有肥大的 taxi② 和轻便四轮马车。

胸口已被踩扁，

比肺结核还厉害。

城市用黑暗将道路锁死。

而在某一天——

总算！——

水泄不通的人群被咳到广场，

将快挤到喉咙的教堂门前的台阶推开，

就感到：

唱诗班中基督教大天使齐声合唱，

被抢劫的上帝赶来惩罚！

街道坐下来开始大喊大叫：

---

① 据《圣经·旧约·创世记》第十一章，当时人类联合起来兴建希望能通往天堂的高塔。为了阻止人类的计划，上帝让人类说不同的语言，使人类相互之间不能沟通。计划因此失败，人类自此各散东西。此故事试图为世上出现不同语言和种族提供解释。

② taxi，法语，意为出租车。——原注

"让我们一起去胡吃海喝!"

大大小小蹙着眉头的克虏伯公司 ①
在城市里星罗棋布,
而嘴里
已死的词语尸骸排列整齐,
只剩下两个词还活着,胖得变形——
"混账东西",
似乎还有个什么词,
好像是"杂菜汤"。

诗人,
哭泣和呜咽声中泡大,
头发凌乱,纷纷逃离街道:
"这么两个词要怎样
赞美大小姐,
歌颂爱情,
还有挂着露珠的花朵?"

而跟在诗人后面的——
近千人在街头:
大学生,

---

① 克虏伯公司,德国一家著名的军工企业。

妓女，
包工头。

先生们！
请停下来！
你们不是叫花子，
你们不准乞讨！

我们，身强体壮，
一步一俄丈，
需要的不是听从，而是与他们决裂——
决裂，
与每个双人床上
被免费求婚依附的他们！

是否该恭敬地请求他们：
"请帮帮我！"
祈祷赞美歌，
无伴奏合唱！
我们自己就是引吭高歌的宫殿——
工厂和实验室的轰鸣声。

我怎样才能追卜浮士德，
用升向天空的梦幻烟火，

并在天空舞池中搂着摩菲斯特[①] 滑步！

我知道！

我靴子里的一颗钉子

比歌德的幻想还要可怕！

我，

最能言善辩者，

说的每一个词

都能让心灵重生，

让肉体得以命名；

跟您说：

最细微的一粒有生命力的尘埃

都比我已经完成和即将做的事情更有意义！

聆听吧！

它在传播福音，

历经万般磨难和痛苦，

就是当今风头正劲的拜火教[②]！

---

① 摩菲斯特，《浮士德》中的魔鬼。魔鬼和上帝打了一个赌，作为赌注的浮士德自己却尚未知晓这件事。魔鬼引诱浮士德与他签署了一份协议：魔鬼将满足浮士德生前的所有要求，但是将在浮士德死后拿走他的灵魂作为交换。文艺复兴之后的人们所追求的精神状态在此得到了最真实的展现：我生前当及时享乐，死后哪管他洪水滔天。

② 拜火教，即琐罗亚斯德教，是流行于古代波斯（今伊朗）及中亚等地的宗教，中国史称祆（xiān）教、火祆教、拜火教。琐罗亚斯德教的思想属西方理论定义下的二元论，有学者认为它对犹太教以及后来的基督教和伊斯兰教影响深远。此教现在伊朗偏僻山区和印度孟买一带的帕西人（又译作巴斯人）中仍有很大的影响。

我们，

老脸如一条睡皱的床单，

嘴上起的泡就像一只枝形吊灯，

我们，

麻风病城市里的劳改犯，

那里黄金和污泥一样导致麻风病——

我们比威尼斯的蓝天还要纯净，

而只有海水和阳光才能很快将它擦拭干净！

毫不在意，虽说

荷马和奥维德时代

不会出现像我们这样，

烟熏火燎满脸黑黢黢。

我知道——

太阳也会渐渐暗淡无光，要是看见

我们灵魂的金矿！

肌腱和肌肉——比祈祷更令人信服。

我们难道还需要时间开恩！

我们——

每个人——

都要把世界的传动带

握在自己的手中！

这不禁让人想起演讲台的各各他 ①，

彼得堡、莫斯科、敖德萨、基辅，

所到之处，

无一人

不高喊：

"钉死，

钉死他！"

但是对于我——

人们，

包括那些侮辱过我的人——

你们于我比所有的一切都珍贵和亲切。

君不见，

狗都会舔舐打过它的那只手?!

我，

尽管被当代人耻笑，

像一则

猥亵无比的笑话，

我还能看见翻过时间之山

那个向我走来但谁也没看见的人。

那里人们鼠目寸光，

---

① 各各他，耶稣殉难处。此处及下文描写的是 1913 年马雅可夫斯基在俄罗斯各地演讲和朗
诵诗歌时遭到各种嘲笑和谩骂。

被饥饿的戴着革命的荆棘王冠的
可汗折断。
一九一六年就要到来。

而对于您，我——就是它的先驱者；
我——哪里有苦难，哪里就有我；
在流下的每一滴眼泪里，
我把自己的手脚钉在十字架上。
已再无法宽恕什么。
我燃尽一颗满怀柔情的心。
这要比攻下巴士底狱
一千万次都还要难！

于是，当它
来了，
郑重宣布暴动，
您将走向拯救者——
我为您
掏出心窝，
我使劲儿地踩，
好让它越变越大！——
这颗红彤彤的心就交给您，像一面旗帜。

III

哎呀，为何要这样，

从哪里
把肮脏的拳头
挥舞成了灿烂的欢畅！

脑海里闪过
疯人院的念头，
禁不住要把头蒙上。

于是——
仿佛无畏舰的沉没，
因为无法呼吸导致的抽搐，
人们蜂拥至敞开的船舱——
眼见自己
快挤爆的眼珠子，喊破嗓子，
布尔柳克 ① 钻来钻去，发了狂。

眼泪流干的岁月几乎染透了血，
钻了出来，
站起身，
得以走开，
并用一个胖子难得一见的
温文尔雅姿态说道：
"好！"

---

① 布尔柳克（Давид Давидович Бурлюк，1882—1967），未来派诗人、艺术家，1922年赴
美并定居在那里直到去世，曾是马雅可夫斯基的朋友。

好吧，一旦穿上黄马褂，

灵魂就会裹得严严实实！

好吧，

一旦要被送到断头台的嘴里，

大声喊道：

"请喝万古吞可乐！"①

这　声，

如一声孟加拉虎啸，

声音洪亮，

拿什么给我都不会换，

什么也不行……

烟雾缭绕里，

像一支高脚甜酒杯，

那是谢维里亚宁②的醉脸在摇晃。

您也好意思自称诗人，

像一只灰不拉几、哼哼唧唧的小鹌鹑！

今天

---

① 据报载，1865年一名死刑犯行刑前喊了一句"请喝万古吞可乐！"，事后报纸大肆宣传报道，使得该家公司知名度暴涨。为此，这家饮料企业为死刑犯家属提供了一笔数量可观的经济资助。

② 谢维里亚宁（Игорь Васильевич Северянин，1887—1941），俄罗斯诗人，白银时代著名代表人物。

应该
用铁拳
把世界砸个稀巴烂！

你们
担忧的只有一个——
"我的舞跳得是否优美？"——
那就请看，我如何
脱颖而出——
粗鄙的
靠妓女养活的下流痞子、赌棍。

与你们不同，
被热恋浸淫的，
在你们那里
泪水流淌了几百年；
我将离开你们，
我要把单透镜的太阳
戴在几乎快踩烂的眼睛上。

打扮得稀奇古怪，
我行走大地，
为讨人欢心和成为红人，
再往后
我牵着系着链子的拿破仑，像牵着一条哈巴狗。

整个大地像女人一样安卧，

因为过多的肥肉而坐不安稳，尽管已委身于人；

万物苏醒——

有个小东西的嘴，

卷舌音却不会发：

"小心肝儿，小心肝儿，小心肝儿！"

突然，

一团团乌云

连同其他的云彩

在天上现出一阵不可思议的骚动，

仿佛身穿白衫的工人队伍四处奔走，

并向天空言辞犀利地宣布大罢工。

云中惊雷，凶神恶煞般钻出，

满怀激情地擤了擤巨大的鼻子，

刹那间天空之脸扭曲变形，

显出铁血俾斯麦 ① 一张冷酷无情的丑相。

有人，

被云之绊绳弄得焦头烂额，

双手朝咖啡馆一伸——

---

① 俾斯麦（Otto Eduard Leopold von Bismarck，1815—1898），1871 年至 1890 年任德意志
帝国首任宰相，人称"铁血宰相"。

好一副娘娘腔，
也温柔至极，
活脱脱一个炮架子。

你们以为——
这和煦的阳光
会弄洒你嘴边的咖啡？
这里又在处决暴乱分子的
果然就是戈力费将军 [①] ！

游手好闲的人，抽出裤兜里的手吧——
抓起石头、匕首或者炸药，
假如谁要是手也没有——
那来了就用额头去顶！

来吧，饥饿的人们，
满头大汗的人们，
特别温顺的人们，
在满是虱子的垃圾堆里发着酸臭的人们！

来吧！
无论星期一还是星期二，
我们都将用血染成红色的节日！

---

① 戈力费将军（Gaston Alexandre Auguste，Marguis de Galliffet，1830—1909），法国侯爵、
骑兵将军，1899 年至 1900 年任法国国防部长。

让刺刀下的土地记住，

它想让谁腐烂！

要让

富得冒油，

好像洛特施礼德 ① 玩弄过的情妇一样的土地记住！

为了红旗在燎燃的熊熊烈火中迎风招展，

就像每一个隆重的节日里一样——

让涂着米店老板污血的

霓虹灯柱越升越高。

咒骂，

乞求，

割上一刀，

从某人身后探出头

狠狠地咬一口。

一片红天，仿佛《马赛曲》，

颤抖着，终咽气，残阳如血。

全都疯了。

一片虚空。

---

① 洛特施礼德，兴起于十八世纪末的欧洲银行业寡头，1816 年奥地利皇帝授予其男爵
爵位。

夜幕就要降临，

勉强填点肚子，

最后也都吃光。

你们看见了吧——

天空再次变节，

用那一簇簇泛着贼光的星星？

夜幕已经降临。

麦麦耶姆可汗 ① 大宴宾客，

整座城市都在其屁股下。

眼睛望不穿这个黑夜，

黑如阿泽甫 ② ！

我蜷缩着，被遗忘在小酒馆的角落里，

灵魂和桌布都被我用来借酒浇愁。

我发现：

角落里——一双眼瞪得溜圆——

圣母玛丽亚的光芒直达心底。

偏偏要把模压的、画得不成体统的圣母像

到处发给小酒馆的酒鬼们！

---

① 麦麦耶姆可汗（约 1335—1380），金帐汗国的可汗（国王）。

② 阿泽甫（Éвно Фи́шелевич [Евге́ний Фили́ппович] Азе́ф，1869—1918），俄罗斯社会革命党领导人，后叛变，成为沙皇警察局密探。

君不见——再一次

相比遭万人唾弃的各各他。

难道人们还是宁愿选择瓦拉瓦 [①]？

也许，我故意

混迹人间烂泥，

相貌平平。

我，

说不定，

在你所有的儿子中间

最俊美。

让那些

享乐中发霉的人们

最后的时辰来得快一些吧，

好让孩子们、正当年华的少男少女们，

男孩——都成为父亲，

女孩——都成为孕妇。

并且每一个新生儿都能够

博闻强识成为白胡子般的古斯拉夫巫师，

[①] 瓦拉瓦，《圣经》中的人物。根据犹太法律，每到逾越节，要释放一个罪人。于是，审判官问犹太人：你们要释放耶稣还是瓦拉瓦呢？犹太全国人民齐声喊"释放瓦拉瓦"。瓦拉瓦是杀人犯、强盗，可是以色列人居然要求释放他。审判官一听，反正要释放一个，为得民心，就释放了瓦拉瓦，而把耶稣钉死在十字架上。

而等他们一到——
他们就将为孩子们洗礼祝福，
以我的诗歌之名。

我歌唱现代化机器和英格兰，
也许，只是，
最普通不过的福音书里所说的
第十三名使徒。

一旦我的声音
可耻地咧咧——
一小时复一小时，
昼夜不停，
也许，那就是基督耶稣一路探听
我心之"勿忘我"。

IV

玛丽亚！玛丽亚！玛丽亚！
让我进来吧，玛丽亚！
我不能流落街头！
你不想我进来吗？
你等待，
直到双颊深陷，
阅人无数，

至纯至真，

我就回来，

牙都掉光了说话跑风，

说我现在

"无限忠贞"。

玛丽亚，

你发现——

我已老得驼了背。

大街上

人们在四层楼厚的粗脖子肥肉上穿孔，

眼睛凑过来，

破衣烂衫，被揪了四十年的头发——

却不停地笑嘻嘻，

我又能说什么

——还是一样！——

昨天小店的面包又干又硬。

人行道上雨声哀号不绝，

小偷比地上的水洼还多，

湿漉漉的，雨水舔着被急促的汩汩声敲打的死尸般的街道，

而在灰白的睫毛上——

是的！——

那挂满冰凌的睫毛上，

泪水夺眶而出——

是的！——
从排水管一样低垂的眼睛里奔涌。

野兽般的骤雨从四周吮吸所有的行人，
马车上肥硕的驾车人后面一个大块头衣着鲜亮；
那些人吃撑了，
就爱吃喝，
所有的皱纹褶缝里都在冒油，
宛如一条浑浊的溪流。一只猫溜过来，
它需要被咀嚼的面包屑，
还有吃剩下的肉饼。

玛丽亚！
低声细语如何才能塞进他们的肥头大耳？
鸟儿
靠卖唱为生，
唱着歌，
空着肚子，歌声高亢。
可我是个活生生的人，玛丽亚，
普普通通，
仿佛患痨病的夜晚咳在普列斯尼亚 ① 手上的那一摊。
玛丽亚，这样的人你要吗？
放我进来，玛丽亚！

---

① 普列斯尼亚，莫斯科的一个区，马雅可夫斯基曾在那里居住过。

我用痉挛的手揿下铁喉般门铃!

玛丽亚!

街道如动物牧场。
拥挤不堪如脖颈上那些手指的擦伤。

开门吧!

很疼!

你瞧——映入眼帘的
满是街边商铺淑女和太太的礼帽别针!

让他们进来。

孩子!
别害怕,
我的牛脖子上
坐满了汗涔涔如湿漉漉山麓一样的女人——
我取之于生活,
宏大的纯洁的爱情几百万,
人们喜欢的却是卑微的肮脏的情色千千万。
不要害怕,
又一次,

取而代之，绵绵阴雨天，

我将依偎在成千上万的姣好脸庞边——

"马雅可夫斯基的爱慕者！"——

要知道这可是一个王朝，

登基的女皇登上了疯子的心殿。

玛丽亚，再挨近一点！

无论宽衣解带，

抑或羞怯的颤抖，

请将你芳唇永不凋落的陶醉给我。

我和我的心没一次活过五月，

而此生

四月我只拥有它的百分之一。

玛丽亚！

诗人为季亚娜①吟诵十四行诗，

而我——

只是一具肉身，

一介草民——

我只要你的身体，

就像基督徒祈求一样——

"现在就赐给我们

---

① 季亚娜，诗人谢维里亚宁一首诗歌中的女主人公。

最需要的面包吧。"

玛丽亚——请开恩!

玛丽亚!
我生怕忘记你的大名,
就像诗人害怕被遗忘
某个
痛苦之夜分娩的新词,
跟上帝的诞生一样伟大。

你的肉体
我将珍惜和疼爱,
仿佛一个士兵,
战争砍断了他的一条腿,
残疾,
孤苦伶仃,
他会爱惜自己剩下的另一条腿。

玛丽亚——
不同意吗?
你不同意!

啊哈!

这就是说——还是要

毫无希望和垂头丧气，

收拾心情，

流干眼泪，

自求多福，

像条狗一样

钻回狗窝，

拖着

被火车碾过的狗爪。

我用心之血取悦走过的路，

而用尘土将花朵别在上衣襟。

太阳像莎乐美一样千百次跳舞，

绕着大地——

围着施洗者圣徒约翰的头颅 [①]。

当我的岁数

也跳舞跳到了尽头——

沿路将铺满百万滴的血滴，

一直铺到我父亲的屋前。

---

① 据《圣经》(旧约 14：3）记载，希律王与兄妻埃洛特通奸而为约翰所斥，后希律王娶了那妇人。约翰曾对希律干说，你娶你兄弟的妻子是不合理的，于是埃洛特怀恨于他，想要杀他，只是不能。一天希律王生日欢宴，乘兴许诺女儿莎乐美要什么给什么。女儿问母亲要什么，母亲埃洛特提出要约翰的头。希律王对约翰一向怀有敬畏，自己一言既出无法收回，即下令取约翰的首级。莎乐美为取悦希律王，就围着约翰被割下的头颅跳舞。

我会爬出来——
脏兮兮的（因夜宿阴沟），
并肩站着，
我弯下腰
跟他耳语：
——请听着，上帝先生！
您不觉得无聊吗，
到云朵果子露里
日复一日地让慈眉善目去浸染？
倒不如——您知道吗？——
咱们一起建一个旋转木马吧，
在分辨善恶之树杈！

无所不在的主呵，每个小柜子里都有你，
上等的好酒摆满桌，
就为了能给愁眉苦脸的圣徒彼得
跳跳"踢—咔—扑"舞。
而天堂里我们将再把夏娃们都安顿下来：
下诏吧——
就在今夜，
街巷道所有最漂亮的女孩儿
我都拉过来给你。

好吗？

不好？

你头发蓬松，直晃着脑袋？
蹙起白眉？
你以为——
这个人，
站在你身后，像天使，
他知道，什么才算是爱情？

我也是天使，我当过天使——
像头甜绵羊般望着你，
但我再也不想给母马们
赠送用塞弗尔①瓷土烧制的精美瓷瓶。
万能的主，你创造了一双手，
还为每个人
都造了一个头——
为何你会想不到让创造的人
个个都没有痛苦，
接吻的时候，接吻的时候，接吻的时候?！

我本认为——你是一个法力无边的神，
却原来是一个学识浅薄、无足轻重的小神人。
你看见了，我俯下身，

---

① 塞弗尔，法国地名，以盛产精美瓷器闻名。

从皮靴筒里

抽出皮靴刀。

你们这帮长着翅膀的坏蛋!

你们就龟缩在天堂里吧!

你们就在吓得哆嗦的舞步里披头散发吧!

我要把散发着敬香之芬芳的你打开,

由此地直到阿拉斯加!

放过我吧!

你们无法让我停下。

我撒谎,

是这样吗,

但我不会比你更冷静。

您瞧——

星星又要被斩首

而天空还要被血腥屠杀!

嗨,你们啊!

天空!

请脱帽!

我来了!

死寂一片。

宇宙睡着了，
爪子上面搁了一只
硕大无比爬满虱子的耳朵。

1914—1915

June 8/13/2017

姜　山

姜山

　　生于二十世纪七十年代初，现居北京。1994 年毕业于北京外国语大学英语系，1999 年毕业于美国印第安纳大学商学院。金融从业者、诗人。出版有《危兰》《给歌》《从雨果到夏尔——法语诗里的现代性》《新九叶集》(合集)。

保尔·瓦雷里

姜山　译

赛特墓园

比我早出生整整一百年的瓦雷里（Paul Valéry，1871—1945），以不同于他人的方式对我言说——不仅仅以诗歌，更以生命的暗示。从巴黎寒冷的初夏第一次出逃，我便直奔地中海古城蒙彼利埃，那里有以瓦雷里命名的中学、大学。

从蒙彼利埃乘十五分钟普罗旺斯本地火车，就到了赛特镇（Sète）。向车站问询处员工打听"海滨墓园"在哪个方向，年轻的那位一脸茫然，中年的那位微笑着手持地图转出门来，仔细地向我描述了路线，并关切地问："您平时徒步锻炼吗？走到那里至少要五十分钟到一个钟头呢！"

心怀感激、手攥地图，我出站顶着干燥硬朗的海风，穿过车站正对面的桥。下桥展看地图，发现偏离了指定路线。不过路标指向市政府与游客中心，况且前面还有路能转弯，于是心放踏实、继续向前。

顺雨果大街、过莫里哀剧院，在市中心又连过两桥，心里念叨该拐弯、翻山、上岛那一侧了，两脚却不停地带我继续直行。一抬头，已是中心广场，再问路，当地人手一指：就在前面不远，瓦雷里博物馆与海滨墓园。

再看地图，果然就在眼前，我这才意识到车站好心的兄弟指错了方向，如果我按他指的路，会绕过大半个岛，走到山那侧的另一个墓园。不过这地中海小镇似有一股神秘的光芒，带我鬼使神差、一步不差地抵达了目的地。

据说地中海曾是寒冷的荒漠，后来西侧决堤，大西洋翻过直布罗陀，花了一百年以苦水注满。从赛特镇半山眺望，地中海波澜不惊，泛着翡翠的光泽。相比之下，岛上的岩石与石屋更加柔软，被风吹拂，与启发了印象派的线条色块交错。

博物馆掩映在半山腰的树影间，下面的墓园看去如能直抵海岸。二楼展厅向海那侧嵌着一扇宽度贯穿整堵墙、高度如三块石砖叠加的玻璃窗，似老人眯起的细长眼睛，以分秒的精度剪裁阳光、海与墓园的印象。展厅另一侧，放映室内反复播放《海滨墓园》录音，闭眼倾听，替代了时间款款上岸与离岸的节拍。

此刻在赛特镇，岛上尘世斑斓、温暖、柔软，与海的坚硬、单纯、苦涩相对称，中间坐落瓦雷里歌唱过的墓园。

姜　山

2013. 6. 1

海滨墓园

我的灵魂，不求永生，但求尽量领悟实在之义。①

宁静的穹顶上，群鸽漫步，
穿过耸动的松枝与石墓。
正午不偏不倚用火编织
海，海洋，永动的海洋！
噢，思辨之后的报偿
是长久注视沉静的神祇！

何等纤细光线精工巧做
以无数碎钻般细小水沫，
何等的平静孕育着自己！
当太阳临渊停步，
终极之道的纯正手笔显露，
时间闪亮，梦即是知。

宝藏稳固，密涅瓦素朴的神祠，
偌大的宁静，显明的矜持，

---

① 引自古希腊诗人品达（约前 518—约前 438）的《皮西安颂歌 III》。

高傲的水，那双眼睛
守护你体内大片安眠，在火幕下，
噢，我的沉默！……灵魂的广厦，
你，万千金瓦溢彩，穹顶！

时间之祠，在一呼一吸间，
我登临，适应着这至高点，
沧海四顾；正如我向
众神将无上的供奉献祭，
高高播撒着无比的鄙弃，
这从容闪耀的日光。

一颗果实在欢乐里消融，
在它形销寂灭的口中，
将空无化成了快感，
我吸着他日羽化的烟尘，
天空歌唱，向耗尽的灵魂
律动的低吟的海岸。

美的天空，真的天空，看我如何衍变！
不再高高在上，不再深陷
强大却不可言喻的倦怠，
我的身影飞过逝者的屋宇，
驯服于它轻柔的驱力，
我投身这光明的所在。

灵魂曝露给夏至的火炬，
我承受你，光明崇高的正义，
你手上利器毫不容情！
我归你于至尊的宝座：
看看你吧！……可光明的
一半，是悲戚的阴影。

噢，为我一人，在我体内，
诗的源头，心的周围，
在空与灵的生发之间，
我等内在的宏大发出回声，
灵魂里嘶鸣着来日的空洞，
像一只苦涩幽怨的水罐！

你可知道，佯装被树叶捕获的囚犯，
咬啮这些细铁栏的海湾，
掠过我紧闭双眼的眩目秘密，
哪个肉身将我拖至它力竭的末路，
哪张面孔把我引入这埋骨的泥土？
一颗火花点亮对逝者的追思。

幽闭，圣洁，充满无形的火，
供奉给光明的土坷，
这儿令我欢喜，任烛炬支配，

由金子、石头和树荫构成，
森森大理石在丛丛暗影上摇动：
忠实的海，倚着墓群安睡！

出色的母犬，驱离了朝圣者！
带着牧人的微笑，我独自一个
长久地放牧，神秘的群羊，
请远离蹑手蹑脚的鸽子，
空洞的梦魇，好奇的天使，
我那片宁静的白色墓场。

未来降临，一派倦怠。
昆虫麻利地刨着干土块：
万物烤焦、萎顿，收入太空，
化成莫名而无华的元素……
生命广袤，醉心于无，
苦涩品来甜蜜，精神一片澄明。

逝者善藏于这泥土之间，
得以保暖，秘密被烘干。
纹丝不动，正午高悬，
陷入沉思，安适自足……
无瑕的冠冕，完好的头颅，
我是你体内悄然的嬗变。

唯我才能盛下你的忧惧！
我的局限、悔恨、疑虑
如瑕疵在你的巨钻之上……
而当大理石下夜色深沉，
和树根纠缠的幽晦人群
已慢慢地和你结党。

他们融入了厚重的虚空，
红土饮下这白色的物种，
生命的天赋在花间传递！
死者特立独行的精神，
巧嘴雌黄，独门机巧，哪里能寻？
蚴穿行在曾泪涌的洞里。

挑逗下女孩儿发出尖叫，
明眸皓齿，润湿的睫毛，
玩火的迷人胸脯，
顺从的朱唇被热血胀起，
最后的恩赐，将其护卫的手指，
都重返大地，加入轮转的万物！

而您，伟大的灵魂，
渴望一场这海浪与黄金
再不能魅惑肉眼的梦？
您可会高歌，在化作烟尘之际？

来！俱往矣！生命布满裂隙，
神圣的焦虑也将被吹净！

不朽啊，单薄的黑底镀金墓碑，
圣母围着难看的花环给人安慰，
慈母的双乳用死雕饰而成，
美妙的谎言，善意的把戏！
谁认不出呢，谁又不厌弃，
这空空的骷髅与凝固的笑容！

头颅遭弃居，父辈被深埋，
在一铲铲土重压下化作尘埃，
数不清我们的脚步，
地鼠眼见为实，虫蛆不容争辩，
不会打搅您在石下安眠，
它们哺啜生命，不会把我吐出！

为了爱，也许，出于恨？
隐秘的牙齿离我这么近，
它们以什么名义都恰当！
无所谓！窥视、发愿、做梦、触摸！
肉体供其取乐，从属这些活物苟活，
在自己卧榻上也是这样！

芝诺！无情的芝诺！埃利亚的芝诺！

你用一支如翼之箭射穿我，
箭振颤，飞翔，凝固在空中！
箭声给我生命，又被这箭夺回！
啊！太阳……灵魂的影子如龟，
阿基琉斯大步流星，纹丝不动！

不，不！……起身！投入下个年代！
打碎吧，我的身体，这迷思的形态！
啜饮吧，我的心胸，新生的风！
海呼出一丝清凉，
送回我的灵魂……噢，咸涩的力量！
奔向海浪吧，飞溅的生命！

是啊！大海充满谵妄，
裹着豹皮，短氅之上
斑驳着万千太阳的图案，
纯种七头蛇，在寂静的喧嚣里，
醉心于它蓝色的肉身，那再次
被自己咬住的尾巴晶莹耀眼。

风起兮！……必须尝试生活！
海浪击石不惧撞得水沫四射！
翻开又合上我的书，浩瀚的风，
吹散吧，这书页令人昏滞！
粉碎吧，海浪！粉碎吧，在快意的海里
宁静的穹顶，啄食的帆影！

纪尧姆·阿波利奈尔

姜山　译

区——代

　　巴黎环路如北京二环，建在被推倒的城墙之上。巴黎从一座中世纪城市向现代都市的改造，集中发生在十九世纪五十到七十年代。城改导致房价飞涨，将城市贫民挤出。在城门口，他们与破产农民的洪流汇合，在城防外为军事用途辟出的空地上住下。这片地被称作 La Zone，是那时巴黎的城乡接合部，其最精确的汉译，即诗人树才在本书中对桑德拉尔所作导读里提及的译法——将阿波利奈尔（Guillaume Apollinaire，1880—1918）长诗"Zone"译成《市郊贫民区》。

　　1913 年，为爱所伤的阿波利奈尔从 La Zone 出发，穿越"世纪的第二十颗瞳孔"里的印象巴黎：

　　巴黎，从夜到黎明——现代与传统、进步与信仰、前瞻与回忆、成长与幻灭、超越与失败、现实与幻想、爱情与欲望、勇气与羞耻、悲悯与戏谑、光明与幽暗、诞生与死亡——这新旧交叠的时代，令你莫名狂喜，同时无比孤寂！

世纪末的夜色与二十世纪的曙光中的"美好时代"，陈列着令我厌倦之"旧"：落伍道统的真"旧"；对"新"反动，复古人工做"旧"；进步过快，周遭反映在感官上的相对之"旧"。

新旧杂陈中，只有宗教不老、信仰常新。诗人说，被世俗化和商业化迅速包围、占领，连走进教堂都成了一件令人羞愧的事儿！——信仰常新，因为你对信仰的需要常新。宗教不老，对现代与进步的崇拜，本身已变成最时髦的宗教，同样虔诚、狂热、蛮横、专制……

时代的"今早"，在这座城市里簇新而繁忙的工业区。诗人回到童年，"教堂盛典"与"紫晶色"的神秘氛围，令人着迷。圣洁、虔诚、牺牲、荣誉、永生的传说，引人举头，期待着与上帝的相遇。耶稣复活、升天、越飞越高……他是一位出色的飞行员！

在二十世纪的眼中，航空是最新的神迹。你相信，与耶稣一同翱翔，能超越今世。而飞行尝试，在开始的时候，总像一场魔法，一种骗术，往往以失败告终：翅膀上的蜂蜡被太阳烤化，跌入海中。飞行的自由，给信仰的进阶让路。二十世纪的神鸟——飞行员耶稣——引来传说中与现实中各色朝奉者，众鸟麇集、追随、狂欢。

回到巴黎的此刻，你像被牧人丢下的羔羊。信仰的时代已逝，给人以慰藉的圣殿被拆除，我为内心祈祷的冲动而害臊，笑着自己从历史幽暗的走廊中一路而来的形象，如今像古董挂在博物馆墙上。在这堕落的时代，未老先衰的城市，圣母留在市郊的乡下，圣心无法补偿牺牲。对宗教的依赖，如可耻的心病。

这与少年时代多么不同！那时，阳光、山丘、柠檬树、海洋——纯真年代——我们在大自然的神奇里，找到神迹。青年时代，漫游世界。在一花一虫中，体会简单而神奇的生活。第一次预感死亡，眺望未来，思忖存在的意义。在路上，轻狂、漂泊、嬉游、恶作剧，虚掷时光……

如今，像奔向新大陆的移民，忍受着离乡之苦、凄风苦雨、迢迢前路，被鸭绒一样不真实的梦想放逐。

这世纪黎明的矛盾，把我撕裂——你和我。你的心里充满悲悯，我的身体自甘堕落；你在寻找救赎，我在幻想艳遇；你是我不惜燃烧生命追寻的意义，我是你燃烧并借此捕捉意义的生命。

天亮了，回家吧，那里有带陌生魔力的神灵等我，那些外围的新信仰，无数被遮蔽却一样真实的生命……再见，爱与忧伤。太阳升起，像一颗摆脱了大地身体的头颅，血红、炽热、沉重、轻盈。

姜　山

城中村

到最后，你厌倦了这老世界

羊倌啊埃菲尔铁塔，羊群咩咩叫塞纳河上桥，在今早

你受够了在希腊和罗马古董之间的生活

这儿，连汽车都古色古香
只有宗教保持新鲜，保持质朴
如维里沙蒂隆飞行场停机库

基督教啊，寻遍欧洲唯你不老
欧洲最摩登的称号非教皇庇护十世 [1] 莫属
而这些窗户把你盯得不好意思
迈进教堂忏悔，在今早
你读着扯嗓门高唱的产品说明、邮购货单和墙上广告
这是今早的诗，而散文由日报提供
连载侦探传奇，两毛五一期

---

[1] 庇护十世（Pius X，1835—1914），原名朱塞佩·梅尔基奥雷·萨尔托（Giuseppe Melchiorre Sarto），1903 年 8 月 9 日于罗马圣彼得大教堂加冕为天主教第二百五十八任教宗，取名号"庇护十世"。

伟人画像与无数花边标题

在今早，我遇见一条好看的街道，名字已忘掉
阳光下簇新干净，像铮亮的军号
工头、工人和漂亮的速记小姐们
周一——早到周六天擦黑，每天四趟，打这里经过
每天上午三次，汽笛在这里哀怨地响起
狂躁的钟到午时开始吵闹
招牌与城墙上的字迹、铭牌和通知
跟鹦鹉似的呱呱叽叽
这工厂区的街有一种优雅让我喜欢
在欧蒙—蒂埃维尔路和岱纳大道 ① 之间

看啊，童年的街道，你还是个小孩
妈妈只给你穿蓝戴白
虔诚如你，跟第一个认识的发小儿勒内·达利兹
没什么比教堂盛典更让你们着迷
九点钟，油灯幽蓝昏暗，你们溜出宿舍
到学校礼拜堂里祷告整晚
在一片永恒、深邃、令人膜拜的紫晶色中
基督光芒旋转如烈焰，一刻不停

这美丽的白合我们众人培育

---

① 欧蒙—蒂埃维尔路（rue Aumont-Thieville）与岱纳大道（avenue des Ternes）位于巴黎
十七区。

这红发飘扬的火炬风吹不息

这悲伤的母亲怀中赤子血红肤白

这棵树被祈祷密密覆盖

这荣誉和永恒的双头绞架

这带着六角的星

这礼拜五死去礼拜日复活的神明

这比飞行员更出色，翱翔天空的基督

他保持着飞行高度的世界纪录

基督啊眼之瞳

他通晓如何把世纪的第二十颗瞳孔

化作飞鸟，在这个世纪，当耶稣升空

魔鬼在深渊里举头仰望

说这是对朱迪亚魔术师西门①的模仿

他们大叫他会飞，像传说中的飞贼

天使们围着漂亮的空中技巧表演者翻飞

伊卡洛斯、伊诺克、伊利亚、泰安那的阿波罗尼厄斯②

环绕着第一架飞机

他们不时躲开，给圣餐礼祭物让路

神甫们手捧圣体饼往上爬，一刻不停步

飞机终于降落，还没收起机翼

天空中已填满百万只燕子

---

① 西门，指西门·马吉斯，又称大能者西门、术士西门、行邪术的西门，公元一世纪持诺斯底主义的撒马利亚人，西门主义的创始人。

② 均为传说中向往天空、插翅飞翔的人物。

拍打着翅膀乌鸦、隼和猫头鹰往这儿赶
从非洲飞来了红鹳、火烈鸟与白鹮
故事高手和诗人传颂的大鹏在空中滑翔
爪子里那块头骨，属于天下第一人亚当
天空深处鹰发出一声长鸣
亚美力加蜂鸟玲珑
中国的比翼柔顺纤长
生着一只翅膀，结对儿才能飞翔
鸽子有无瑕的精神
与琴鸟和斑斓的孔雀为邻
凤凰这团孕育自我的火
用银色灰烬一下子将世间包裹
海妖飞离危险的湾峡
三人在美丽歌声中一起抵达
中国的比翼、鹰、凤凰
无不跟会飞的机器结党

此刻，你走在巴黎，众人中独自一人
公共汽车驶过身边，哞哞叫着牛群
爱的伤痛把你的咽喉扼住
就像你再不会被爱光顾
若在古代，你会遁入教堂
可现在您祈祷一句，都令自己害臊惊慌
噼噼啪啪，像地狱之火，你嘲笑着自个儿
笑声喷出火星儿，为你生命深处镀上金箔

像一幅画挂在博物馆昏暗的墙上
你不时前往，凑近瞻仰

今天，你走在巴黎，女人沾满血渍
明日黄花，我宁愿忘却，衰颓的美丽
在夏特，被激情的火焰围绕，圣母注视着我
蒙马特，您的圣心之血，将我淹没 ①
我的耳朵里再塞不进祷词
煎熬中的爱是一场病，让人羞耻
盘踞头脑的意象，让你在失眠和不安里苟沽
萦绕在你左右，终会褪色

此刻，你置身地中海岸上
头顶的柠檬树花四季开放
你和伙伴们驾小舟出行
两个杜尔比人，另两人分别来自尼斯和芒通 ②
看见海底的章鱼，让我们受了惊
鱼在海藻间游弋，宛如救世主的造影

你现身在一家客栈的花园，离布拉格不远
桌上一支玫瑰让你心满意足
你放下正编造的故事，看

---

① 上句与此句似指夏特圣母院与蒙马特高地的圣心教堂。
② 尼斯、芒通（Menton）、杜尔比（Turbie）均为法国南部沿地中海城镇。

一只金龟子熟睡在花芯间
自己出现在圣维达斯教堂 [1] 的马赛克上，这让你心悸
看到它那日，你悲恸得要死
像拉撒路 [2] 一样，被日光惊得发癫
犹太区的时钟，指针倒转
你也一边慢慢回溯生活，一边
登上赫拉德恰尼堡 [3]，晚上在酒馆
一边听捷克歌谣声响起

你，在马赛，在一堆西瓜里

你，在科布伦茨，在巨人旅店

你，在罗马，坐在日本楂树下

在阿姆斯特丹，与某女郎相伴，你眼中这美人实难恭维
本该嫁给一名莱顿的大学生
在那里人们用拉丁语广而告之"待租卧室"
我记得在那儿待了三天，在豪达盘桓了同样长的时日

在巴黎，预审法院

---

① 圣维达斯教堂，布拉格最著名的教堂之一。
② 拉撒路，耶稣的门徒与好友。《新约·约翰福音》载，他病死后埋葬在一个洞穴中，四天
之后耶稣吩咐他从坟墓中出来，奇迹般复活。
③ 赫拉德恰尼堡，布拉格古老的皇家城堡。

你被抓，错当成一名罪犯 ①

你经过的旅途，有欢喜有忧怨

意识到谎言与年纪之前

你已为爱所伤，一次在二十岁、一次在三十岁上

我疯狂地生活，虚掷时光

你不敢再看自己的手，我分分钟都能泪如雨下

为了你、为了爱过的她、为了所有惊吓

你眼中噙满泪水，望着这些穷苦的移民

他们笃信上帝、祈祷，女人们

奶孩子，体味儿填满圣拉扎尔车站大厅

像三圣王，把信仰托付给他们命中之星

他们一心盼着到阿根廷挣钱

发家后重返故园

一家人拖着红色鸭绒，像您带着自己的心

鸭绒与我们的梦，一样不真实

这些移民中的一些人，会滞留此地

蜗居在蔷薇街和埃科夫街 ② 上的陋室

我经常在晚间看到他们上街透气

跟象棋子一样，不太走动

---

① 1911 年，阿波利奈尔与毕加索卷入卢浮宫《蒙娜丽莎》失窃案，为一个意大利梁上君子
损友受过，蒙冤入狱。

② 蔷薇街（rue des Rosiers）与埃科夫街（rue des Ecouffes）位于巴黎玛黑区，是传统的犹
太人聚居区。

尤其是犹太人，女人们戴着假发
坐在店铺里，面无血色

你站在一间下等酒吧的吧台前
花两苏买一杯咖啡，置身倒霉蛋之间

入夜，你在一家宽敞的餐厅里
那里的女人恶毒，各怀各的烦心事
没人两样，连最丑那位，也有为她遭罪的情郎

她来自泽西市，是一个警员的女儿

她的手粗硬开裂，我从没见过

她肚子上的伤疤，让我心中的怜悯比天还大

我的嘴被自己辱没，它对一位可怜的女郎可怕地笑过

你独自一人，黎明将至
奶贩子在街上敲打他们的奶罐

夜渐远，如一个混血美人儿
狡猾的非尔蒂娜或警觉的蕾阿

你饮这灼人的烈酒如饮下你的生命

你这如烈酒一样饮下的你的生命

你向着欧特伊 ① 方向走，徒步回家
在来自大洋洲与圭亚那的护符间睡下
他们是基督，属于另一种形式与另一个信仰
属于晦暗的祈愿的低等基督

永别，生花素手 ②

朝阳，断颈之头

---

① 欧特伊，巴黎西郊小镇，曾住过付不起城中房租的穷艺术家，今天已是著名的富人区。
② 原诗在此重复两遍"永别"。本诗写于 1913 年诗人与他的女友、著名立体主义画家玛丽·洛朗森（Marie Laurencin）分手之后。

JONE 8/17/2017

李金佳

李金佳

1973 年生，哈尔滨市人。1992 年至 1997 年就读于北京外国语大学法语系，后留学法国，研究文学翻译学，获法国巴黎大学比较文学博士，现任教于法国国立东方语言文化学院。多年从事诗和短篇小说创作，出版有诗集《黑障》(2009)和法语诗集《梦的复兴》(2016)。长期担任巴黎诗歌杂志 Po & sie 通讯员，翻译于坚、海子等当代中国诗人的作品。另译有亨利·米肖、雅克·杜班等法语现当代诗人多家，散见于国内各种杂志。

马克斯·雅科布

李金佳　译

马克斯·雅科布：寂静与喧嚣之间

作为诗人、画家、评论家的马克斯·雅科布（Max Jacob，1876—1944），是二十世纪前卫主义艺术的奠基者之一。1876 年，雅科布出生于法国坎贝尔一个富裕的犹太家庭，在这座布列塔尼海滨小城长大成人，并接受良好的人文与音乐教育。1898 年，雅科布来到巴黎，先后从事律师事务所书记、商店雇员、钢琴教师、街头画家、文艺杂志记者、报纸艺术专栏主笔等职业，浪迹于巴黎新兴的前卫艺术界，结识了崭露头角的毕加索和阿波利奈尔，并结为终生好友，与马蒂斯、蒙迪里亚尼、玛丽·洛朗森、安德烈·所罗门等青年艺术家也过从甚密。因其生性诙谐，佻达不居，很快得到蒙马特"洗衣船"住客们的青睐，成为他们艺术创作与狭邪游中不可或缺的伴侣。1903 年，雅科布开始发表文学作品，在其后的近半个世纪里，笔耕不辍，创作领域横跨诗歌、小说、诗体小说、剧本、通信集等各种体裁。对前卫主义艺术的理论探索也做出了重大贡献。

从青少年时代起，雅科布的思想就倾向于神秘主义。1909 年，他摒弃父辈"伏尔泰式"的无神论，转而信奉天主教，接受洗礼，并热忱地阅读古代的教会文学，写作宗教冥想录。1921 年，他离开巴黎，去法国中部卢瓦尔河上的圣贝努瓦城，在当地修道院尝试隐修，但不久放弃。其后十余年间，他或归来，或归去，摇摆于寂静的古城与喧嚣的都会之间，并曾数次远遁，去意大利和西班牙旅行。其时雅科布的文名日噪，战后"疯狂时代"崛起的年轻一辈艺术家，尤其是让·科克托、特里斯坦·查拉和路易·阿拉贡，对他推崇备至。因此，即使在外省间断地隐居时，雅科布也与巴黎文坛保持着密切的联系，在很多人的心目中，像苏格拉底披上小丑的花衣，扮演着一种奇特的导师角色。

1936 年，雅科布终于抛开浮世的生涯，定居于圣贝努瓦城，作为"自奉居士"，参加弗勒里修道院的宗教生活。每日功课除去祈祷与忏悔，便是引导各色游人参观罗马时代遗留下来的老教堂。当时，他以卖画所得的微薄收入为生，清苦自刻，但仍经常为残留的欲望所苦恼。与诗人、画家、浪荡公子大量通信，不时接待形迹可疑的巴黎来客，然而城中妇孺并未因此减少对他的敬意，仍然亲切地叫他"马克斯先生"。

第二次世界大战爆发，法国北部旋即被德军占领。雅科布一家因为是犹太人，遭受灭顶之灾，他在巴黎的一兄一妹先后被迫害致死。从 1943 年开始，反犹的狂潮波及外省，卢瓦尔河一带虽然民风淳朴，对犹太人多有善待，但情况仍是岌岌可危。抵抗运动的领袖之中有雅科布的仰慕者，屡次建议他出逃，都被他拒绝。1944

年 2 月 24 日，他在修道院做完早弥撒，回到寓所，即遭逮捕。不久，与其他六十余名犹太人一起被押解至巴黎北郊的德兰希镇，关进一个中转集中营，等候凑足人数，好组成下一班开往奥斯维辛的车皮。一行人在营地度过一周光景，条件十分恶劣，雅科布安之若素，丝毫不为自己的命运担心，每日里只是安慰难友，照顾病人，用自制的扑克牌给他们算命，在寒风里演唱轻歌剧《小浮士德》里的德语唱词。巴黎文化界得知雅科布被捕的消息，利用各种关系组织营救，并从德军占领当局那里获得开释的承诺。然而赦令批下之前，雅科布已于 3 月 5 日凌晨死于肺炎。与他一同到达德兰希营地的犹太人都在一天后登上去往奥斯维辛的火车，无一生还。

雅科布作为诗人相当多产，最著名的作品是散文诗集《骰子壶》和诗集《中央实验室》，分别于 1917 年和 1921 年出版。《骰子壶》集成于第一次世界大战之初，几经周折，到战争将近结束时，才由作者在巴黎自费印行。书中收录散文诗一百六十余首，另有集束的断片、格言一百四十余句，除去个别篇章，都写于大战之前，无论内容还是笔致，都残留着"美好时代"特有的透脱与狂放，在战火纷飞的年代问世，可以说是一部轻佻的哀书。

《骰子壶》是雅科布唯一的散文诗集，题目取自马拉美《骰子的一掷永远不会废除偶然》。从某种意义上说，雅科布是承续马拉美，用一种更日常也更割裂的方式，回答着"艺术行为"乃至"行为"本身的一个根本问题：何为偶然，何为必然，两者的关系如何，又应怎样处之于"现代"这种宿命性的虚无。《骰子壶》是雅科布的盛年诗赋，用笔轻而险，善于从一切边角废料出发，瞬时翻转，顿入玄秘。其想象力的剽猛与诡谲，将散文诗文体固有的"贼"势发展到前所未有的程度，即使今天读来，也会令任何一个散文诗的写作者，庆幸自己错过了与他谋面的机会。该书一经出版，即为当时巴黎文坛所推重，二十世纪二三十年代向往新变的诗人，或多或少都受过它的滋养。但它长期只以自印书的形式流传，中间有几种节选本刊行，直至 1945 年，才得益于作者的死亡，由伽利玛出版社推出增补的善本，真正进入大众的视野。

《骰子壶》发表后的二十余年间，雅科布并未停止创作散文诗，但从没有再次结集。1961 年伽利玛出版社哀合雅科布的遗稿，出版了一本《最后的诗》，书的下半部分由七十首散文诗构成，多是雅科布写于二十世纪三四十年代的作品。这些暮年写成的散文诗，想象力的雄奇丝毫不逊于《骰子壶》，又从长年的苦思冥想中赢取一种哀婉，落得一份深沉，虽常为议论者忽略，却实为雅科布诗歌的精华。此次翻译，前十六首选自《骰子壶》，后八首选自《最后的诗》，希望能对中国读者认识雅科布，做出微薄的贡献。

李金佳

文学风俗

一个哈瓦那商人寄给我一支雪茄，用金叶包裹着，已经吸掉了一截。在座的诗人，认为这是在戏弄我；可做东的中国老头儿却说，哈瓦那风俗本来如此，当地人是借以表达崇敬不胜之情。我立即掏出两首壮丽的诗篇，呈现给大家。我一个渊博的朋友，特意将它们翻译出来，誊写于这张纸上；只因当初他口头翻译时，我曾表示赞赏。诗人们都认为，这两首诗尽人皆知，一文不值。可中国老头儿却说，这绝不可能，它们保存于一部孤本手稿上，所用的帕拉维语①，对诗人们而言，那可是形如天书。一听这话，诗人们就孩子般哈哈大笑起来；而中国老头儿看着我们，充满忧伤。

---

① 帕拉维语，古波斯中部地区的一种语言。

诗

教育学的考试大厅，男女几人围坐在一张桌子旁。

"您不来试一试身手，马克斯先生？"

"我没报名。"

我走进毗邻的另一间大厅，将各把椅子轮流坐一遍，头脑中盘旋着那道考试题，所谓哲人的所谓名言：

"如何对待那些以严肃为基础活泼地飞翔的小鸡？"

我等候一位朋友的到来，把这段孤独的时光，都用于回想。回想前一天，在郊游时，我和父亲如何驾着马车，登上悬崖。同时思忖，假如是我来应考，会写出怎样一篇议论文。我还想到，当代的听写以及学院派听写的若干问题：各种语言的试卷，横陈于我面前。当我走回第一间大厅时，有几个考生正攒首于一处，聚会着彼此的灵感，草拟一份标准答案。他们运用层层递进法，围绕小鸡，俨然地高谈阔论起来了。在畜栏这个问题上，驰骋各自的博学，并且由此及彼，透露着某种言外之意。他们征求我的意见。我说，依我看来，人们期待的答卷，似乎应该讲一讲这个问题：如何为巴黎的孩子，开一个小班。

趣事

某细木工提起一个拖欠工钱的人，赞不绝口。有人把这事告诉那欠钱的，他就惶惶不安，跑出去呼朋唤友，以求帮助。

"干吗去呀，您？他明明是喜欢您！"

"咳呀，难道您没看出来？他开始说我的好话，不外乎是因为成竹在胸，觉得准会把钱收回去。而他之所以这么有把握，肯定是执达吏马上会被派下来捉我了。我得赶快去朋友家，找个宽大些的债主，好歹替找先把这一位扛住。"

我将这个趣事讲给一位艺术家朋友听，并且向他描绘细木工的全部家业：他那位乳房奔放的妻子，他那双惯于悠儿荡子的手，特别是他年纪轻轻就留出的一把大胡子。

"拜托，亲爱的朋友！"艺术家说，"您要是给这细木工一把胡子，就不要再给他什么孩子了。当父亲的，若能把下巴剃个精光，画面就会少一些愚蠢，而整个趣事也能增添几分亮色。"

因为我听不懂他的话，艺术家耸了耸肩。我也耸了耸肩，由于某些这里不便说的缘故。

树的啃食者

被孤立,被囚禁,或者是在工作中,大仲马以一件女式衣服的气味,自我安慰。三个彼此雷同的男人——一模一样的圆毡帽,一模一样的矮小身材——邂逅于一处,因彼此的雷同而惊异,彼此猜到彼此心怀同一个念头:把被孤立者的那种安慰,偷将过来。

卷首图画

不错，它从我的乳头脱落，而我却无知无觉。如船载着水手从岩石的凹穴驶出，海并不因此多一分波澜，大地也没有感觉到新的历险：从我库帕勒^①之乳，落下这首新诗，而我却无知无觉。

---

① 库帕勒，古代小亚细亚弗里吉亚神话系统中的众神之母，主司土地、山峦、溶洞、墙壁、堡垒等，对等于希腊本土神话系统中的大地之母盖亚。

天空的神秘

从舞会回来，我就坐到窗前，仰望天空。云朵好像餐桌边巨大的老人头，而一只鸟，正被自己羽毛的白色装点着，被人端上桌来。一条大河横贯中天。老人之一垂眼看我，开口要说什么。可这时魅境忽然消解，只留一天星斗，纯净地闪耀着。

真正的奇迹

好心的老神甫啊！刚离开我们这里，就走上湖水——我们全都看到了！——一跃而起，翩然翻飞如一只蝙蝠。他是那么专心地想着什么，根本没有觉察到奇迹的发生。道袍下摆沾湿了，这让他好生奇怪。

让我们欢庆死亡！

"我给你们免费票！只要两个半法郎！"特洛卡狄罗宫[①]举办的一个节日，庆祝某位著名俄国作家之死：通过死亡之路，他正迈向永恒的荣光。人们分发小宣传册，其中一本用木头雕成，刀法幼拙。另一本，配着好多彩色插图：横遭雷击的一件粗布红衫，象征那位俄国作家的陨落；而玛露萨和安娜[②]呢，身穿盛大的民族服装——满头长发扎成辫子又绾作冠冕——正向他倾侧身形。在另一幅插图中，一群前来参加葬礼的年轻姑娘，似乎被火灾困在楼梯上：据说，这么画是为了让她们眼含泪花，好让读者能够联想到，前一刻的她们，该是怎样泪如雨下。特洛卡狄罗宫的阶梯大厅里，总共不过三个人。这一回，轮到组织者们眼含泪花了。

---

① 特洛卡狄罗宫，1878 年建成的一座宫殿，位于巴黎十六区特洛卡狄罗广场东南，原为 1878 年世界博览会的主要馆所，后作为文化宫和展览馆使用，直到 1937 年拆除，原址上修成现在的夏乐宫。

② 玛露萨和安娜，俄国小说和俄罗斯风小说中的常见人名。安娜自不必言；由以玛露萨为名的女子作为主人公的作品，有法国作家皮埃尔-儒勒·赫泽尔和马可·沃辅朝克所作的畅销小说《玛露萨》，此书于 1878 年在巴黎出版，曾被译为多种欧洲语言。

诗人之家

　　他死了，撇下一个寡妇，两个孤儿。"就是这个窗口，唉，多少次映出他迟暮的身影！"寡妇说，"因相爱而结合！何等的勇气，怎样的才华！父母对我们，俯首甘为孺子牛！"房子换了住客：一个女人在阁楼里，呼地展开床单；我唤她，她以粗言秽语作回答；一只狼狗死盯着我；花园里种着玫瑰，凋谢的。又换了住客；门阶上搭起亮瓦棚，花园里有人喝冰镇汽水。诗人之家，还会发生什么？也许，将有一场犯罪……而你呢，可怜虫，对你的房子，你又能企望什么，除了你那几个知音的背叛？

又是方托马斯[①]

　　好一对有品味的品味者，这位先生与这位女士！头一回，大厨手里揪着厨师帽，走过来问："先生太太可还满意？"他们答道："满不满意，我们会通知领班，由他转告您。"第二回过来问，两人一言不发。第三回，他们真想把大厨轰出去，可又下不了决心，这的确是一个不可多得的厨子。第四回（老天！他们家住巴黎城门外，总是孤孤单单，百无聊赖地过日子！），这第四回上，他们不禁松口说道："刺山柑花蕾酱调得相当好，山鹬吐司烤得老了点。"由此出发，他们开始谈论体育、政治、宗教。这正中大厨下怀：他不是别人，正是方托马斯。

---

①　方托马斯，马塞尔·阿兰和皮埃尔·苏维斯特尔二十世纪一〇年代发表的系列小说中的主人公，号称"千面人""犯罪天才""一切及一切人的主宰"，善于化装和隐身，制造种种不可思议、骇人听闻的犯罪案件，受害者通常是巴黎的巨贾豪绅。"方托马斯"（Fantômas）这个名字脱自于"幽灵"（fantôme）一词。汉语中已有定译，沿用不造。

电影

出租马车载着一家外省人：好奇怪，两个女佣端坐在车斗里。后来，主人让她们出去，挨着马车夫坐下。再后来，又让她们去坐脚踏板。就是在那儿，她们睡着了。这个当口，有两个江洋大盗，飞身进入车斗，耍弄了一套鬼把戏：睡梦中的旅客，每个人都被安上一副纸壳做的耳朵。到第二天早晨，等先生、夫人和女佣一觉醒来，就都成了陌路人，谁也认不出谁。

那不勒斯的女乞丐

我住那不勒斯那阵子，在我的宫殿门口，总能看到一个女乞丐。每次命驾登车时，我都会扔给她几个小钱。一天，我忽然想到，她从没感谢过我，心中不免惊疑，冲她瞥了一眼。这一瞥，才看出那被我当成女乞丐的，原来是一个刷成绿色的木箱，里面装着通红的泥土，还有几只半黑不烂的香蕉。

我的生活

要攻取的城池，在斗室之内。能夺自敌手的战利品，并没有多沉。也不会被敌人带走，他们要钱何用，既然这只是一个故事，简简单单一个故事。城墙由漆木板拼接而成：我们会把它切割下来，一块块，贴到我们的书上。书分两章，或者两部。看啊，戴着金冠的红色国王，正在登上一把手锯：这是第二章。至于第一章，我已记不得了。

历史

　　小卖铺的门板裂豁着，仿佛一把没有收好的折扇。就是在那里，住着三个火枪手。其一向炉灰中吐痰，其二阅读晚报，其三——正是在下——袒腹而卧，当国王走进来时，也不起身。每一回，我们朝他窥望，都只能看到一个剪影。国王带给我一份上尉委任状：洗衣工的小账本，上面拉着一份清单，写明当上尉必须缴纳的一应人与物。另外，从此以往，我得改名为查理·德·法兰西，这个规定，让我在不止一点上浮想联翩。转天，两个活泼可爱的孩子，端着步枪走来了。他们是卫兵：我把他们抱起来，放到膝上。

钥匙

弗兰布瓦茨勋爵征战归来。勋爵夫人在教堂里，对他大加指责。勋爵说："喏，夫人，掌管我全部财产的钥匙，在这里。我要走了，再也不会回来。"出于涵养，夫人一失手，钥匙掉在神圣殿宇的石板地上。有个修女，正跪在角落里祈祷——她弄丢了一把钥匙，修道院的钥匙，要是找不到，谁也别想再进去。"拿去试试看！您的锁，或许能被这把钥匙打开。"然而，钥匙已不在原地。它进了克鲁尼博物馆①：一把硕大无朋的钥匙，样子好似一棵树的主干。

---

① 克鲁尼博物馆，巴黎著名博物馆，收藏中世纪文物。

虚假新闻！虚假新闻！

有一次，《保卫国王》在歌剧院演出，苔丝德蒙娜刚一唱到"老父亲身在戈里齐亚，我的心儿却飞向巴黎"①，五层廊座一个包厢里，忽听一声枪响。紧接着，在台前池座那边，也有人放了一枪。一副软梯，呼啦啦抖开，有个男子正待从天而降，却被一颗子弹击中，归命于第二层楼厅②。所有观众都身佩刀枪，歌剧院里原来充满了……充满了……！邻座的人，现在是你死我活；燃烧的汽油弹，四处乱飞。包厢之围，舞台之围，折叠小板凳之围，战斗此起彼伏，打了整整十八天。恐怕有人向两个阵营同时输送给养。这我不敢肯定。不过可以断言，记者们是倾巢而动了，全都赶来报道这个骇人听闻的场面。有位记者因身体欠佳，就让母亲作捉刀人，代替他前来采访；而一个法国青年绅士的大无畏精神——在十八天里，他一直牢牢占据前台，只偶尔喝一口稀粥充饥——立刻赢得了她的芳心！楼厅大战中涌现的这些风流人物，极大地鼓舞了外省的义勇军。就是在我居住的河边，在我家那几棵树下，也传颂着三兄弟的故事：他们穿上崭新的军装，抑制着泪水，互相紧紧拥抱；而家眷们呢，已登上小阁楼，为他们寻找毛衣。

---

① 苔丝德蒙娜为莎剧《奥赛罗》女主人公。但此处歌剧名和唱词，皆为作者杜撰。唱词中"戈里齐亚"为意大利东北部城市，十六世纪至二十世纪初一直受哈布斯堡家族控制，历史上曾经枢纽神圣罗马帝国和威尼斯共和国两大势力板块，是欧洲的一个四战之地。《虚假新闻！虚假新闻！》写作于一战爆发前后，读者会心，不难理解文章的含义。

② 法语中"剧场楼厅"（balcon）一词音近"巴尔干"（Balkans）。

虽然有雾

　　古城墙！被雾倾轧着，吐出你最后一口气来吧，平原！它伸出一条将死的舌头。古城墙：钻天杨袅袅的尖角，吐出你最后一口气来吧！地平线已经四合，在它促狭的倦意里，我听着沙哑的乌鸦，急切的松鸦，它尖利的吠叫让人不安，好一颗鸟鸣的彗星！还有你，死亡的干草车，也快把最后一口气吐出来，跟随我囚禁的思想，你已走了这一路。淙淙的水声，是河流还是马蹄？吐出你最后一口气来吧，那一边遥遥在望的河岸！……下雨了。

无题

今天，我只把城市看作一幅钢笔画，或者一块黑线织成的窗帘。你们的房顶与家屋：阴郁荒原上的一个个高处。昨天，乡村在我眼中，是一幅抖动的真丝挂毯。

小焉大焉

　　传说时代建造的这些宫殿走廊，无穷无尽好似医院的过道。出生之前，或者历次死亡发生之前，我就是生活于其中；在此处，你说话必须压低声音。每一条走廊都是双重的，一重给王者，一重给小民。倘若没有节日的装饰品，它们几乎无从分辨。而节日一到，在王者的走廊，每扇门前都会摆一盆花，花朵的颜色，与教会搬演的遇仙记保持一致。某些殉道者纪念日，摆红花；贞女节，摆白花；星期天，摆绿花或黄金花。我还记得，我从没有搞清楚我该走哪边：小民的那一重走廊，还是大人物们的那一重。可谁又能告诉我呢？寥寥落落走过去的那几队僧侣、修女、盛装王者，我如何向他们开口询问？他们认识我吗？我认识我吗？镶木地板是一汪鲜红的冰湖。走到屋顶阁楼了！啊，是吗！这真是我的一个好去处。

蜡头像

海滨旅店的老板。住客们画的水彩画，一旦参观起来，就没完没了。只愿我的画永远不会与这些画相混淆。有一天，他忽然神色诡秘：他要给我们一个惊喜。他去拿来一大张毛皮一小根黑鸡毛掸原来那是一缕头发！两鬓斑斑几个霉点，真是巧夺天工！而后，在发丝下边，我们发现一个蜡头像，颜色如此鲜活。脖子上一条刮痕，流淌出来的血，让我至今觉得栩栩如生。"我的肖像，我二十岁！"旅店老板是个秃老亮。"也是我的！"学究卖弄地说。两人都在撒谎。

宗教艺术

我在卑尔根 [①] 做冬季运动。我走进八杂市："我想买个小纪念品，带给孩子们。"一位年迈的小姐，递给我一个布娃娃：会走路，会说多国语言，会脱衣服。"一万马克！"我手头只有十法郎。一个使女拿过一个小滑冰者，绸子做的，裹着白毛领圈。"我真想知道，爱斯基摩人的孩子，对我主耶稣是怎么一种看法。"

"我明白您的意思，"年轻的女佣说，"您应该回巴黎问一问，去圣叙尔比斯广场。"

[①] 卑尔根，挪威西南部城市，滨海临山，从二十世纪初开始，成为欧洲的滑雪胜地。雅科布从未到过挪威，更没有从事过任何冬季运动。

心灵与头脑

  我想到那位马来西亚王子，他的身躯只有一半是人体，另一半是黑色大理石。

  我想到花园里那块大石头，我遐思烂漫的青春时代经历的一个奇迹。您且听一听这个故事，您不是相信奇迹吗？……很多严肃的人都相信奇迹。我站在他们一边，我和他们心心相印。相信奇迹，这可以省去许多脑力之烦，噢，严肃的人们！当时我正是满头卷发、翘首顾盼的年龄，我经常走到我父亲的花园深处，那里有一块岩石，被苔藓和藤萝遮住半边。对于石头，我总喜欢凝眉注目，直到把它们看得动起来——即使今天，在建筑物的一隅，或者悬崖的尖角，我还不时能看出各种形状与场景——在我父亲的花园深处！……

  我坐在一张长椅上，审视那块岩石，审视岩石上的苔藓与藤萝。每一次，它都会以同样的方式变幻形体。一只骆驼：一只真正的石骆驼！驮着一位石头阿拉伯人。从衣着判断，那大概是一位王子。一年夏天，我回家过暑假，有天晚上——我到家当天的晚上——我又去看那块岩石。我很激动……没有这种事情发生你也会很激动……石骆驼活了！它把目光转向我，它埃及舞女之眼，它粉色的脖颈。王子却依然是岩石，一如既往穿着那一身庄严的叶片。多年后，我学会把这种奇迹当作天使的预警。而今，每当我回顾那只石骆驼的变形，我都会想到马来故事中的王子，一半是大理石，一半是肉体。有时心灵获得进展，头脑却跟不上它。

写你们的回忆录吧!

谁还记得埃菲尔铁塔修建之前的帕西①?除了我,所有见证者大概都已物故了。曾几何时,乘着塞纳河游船行经此地的人,远远眺望岸上,只见一座大城,围绕着特洛卡狄罗宫铺开,城中到处是白色的别墅和殿宇。罗莎-约瑟珐②,马戏团——当时还没有"音乐厅"之类的名目——的一大奇观,就住在其中一幢楼房的底层。花开两朵的双头娃娃,俨然地裹着一身栗色天鹅绒,坐在地毯上玩耍。满身洁白花边的棕发女士,漫不经心地照料着她。那是一所配备家具的租屋,带个院子。我看到院中停着一辆双轮马车,一个摩尔达维亚军官,披挂齐整端坐其中:他的一应奢华,都仰赖马戏团老板们支给。兄弟,或者丈夫之一?对于那次造访我记忆模糊。我是乘有轨电车回家的,本该坐到共和国广场,可就那么一路坐下来,直到文森纳才下车。在电车上我丢了一个皮包,小皮包,用得很旧了。一位灰衣男子,正站在栗树下等我,他是我自己。罗莎-约瑟珐是一个身体两个灵魂,而我只有一个灵魂,长在两个身体上。

---

① 帕西,巴黎西部街区,地属第十六区,南濒塞纳河,与埃菲尔铁塔隔河相望。地势由河岸向北陡起,房屋依坡而建,是传统的富人居住区。帕西原为独立市镇,1860 年才并入巴黎。下文提到的共和国广场为巴黎中心地带之一,衔接第三区、第十区和第十一区。文森纳是巴黎东郊的市镇,有著名的文森纳城堡和森林。

② 罗莎·布拉柴克与约瑟珐·布拉柴克(1878—1922),波西米亚裔连体双胞姊妹。1891 年加入欧洲各国的马戏团,并始以"波希米亚姊妹花"为艺名,在全世界巡回演出。1910 年产下一子,为连体双胞胎史上独有的一例。

逸马的回归

　　我黑色的母马几乎把我吓了一跳！它名叫雪崩。忠诚的马！我温柔的坐骑啊，别总是这样蹑手蹑脚，在我童年的院落里转悠！许久以来，为什么一直不见你？当年我以征服者的姿态，走入悬崖之上那片荒地时，你不是我的伴侣吗？春天，我们曾经啜饮过同一泓闪电。是的，是的！我们曾经一起跃入大海，噢我娇艳的朋友，在同一股波浪中，洗去身上的汗水。记得有一天早晨，我用白色的花朵，为你编织了一个王冠！庄园里所有的门都关着，因为今天我起得甚早。人们还在睡梦中。而你呀！阔别了许多年后，你在黎明返回我身边！

　　怎样的一种返回啊，我被玷污的天使长！鬃毛这么长，丢失了马鞍，也没有辔头？怎的，狗一样俯下身来了，要我登上你嶙峋的脊背？我温柔的坐骑啊！我骑手的双膝，早已被风湿病消磨。我这些黑色的衣装，全都带着虫洞。雪崩，黑母马，我纵横挥霍的青年时代！去吧，去吧！让我们分别吧，亲爱的黑母马。这一次是我离开你。现在我马厩中养着另一匹马，马头上顶着一个十字。

著作权合同登记号桂图登字:20-2021-115 号

图书在版编目(CIP)数据

新九叶·译诗集/（丹）琵雅·塔夫德鲁普等著;骆家,姜山编.——
桂林:广西师范大学出版社,2021.6
ISBN 978-7-5598-3312-9

Ⅰ.①新… Ⅱ.①琵… ②骆… ③姜… Ⅲ.①诗集-世界-现代
Ⅳ.①I12

中国版本图书馆 CIP 数据核字(2020)第 197473 号

新九叶·译诗集
XIN JIUYE·YISHIJI

出 品 人:刘广汉　　　策划编辑:李芃芃
责任编辑:刘孝霞　　　执行编辑:宋书晔
装帧设计:金　泉　　　插　画:金　重

广西师范大学出版社出版发行

（广西桂林市五里店路 9 号　　邮政编码:541004）
网址:http://www.bbtpress.com
出版人:黄轩庄
全国新华书店经销
销售热线:021-65200318　021-31260822-898
山东韵杰文化科技有限公司印刷
（山东省淄博市桓台县桓台大道西首　邮政编码:256401）
开本:890mm×1 240mm　1/32
印张:12.125　　　　字数:250 千字
2021 年 6 月第 1 版　2021 年 6 月第 1 次印刷
定价:88.00 元

如发现印装质量问题,影响阅读,请与出版社发行部门联系调换。